库切
文集

男孩
BOYHOOD

〔南非〕
J.M. 库切 著
J.M. Coetzee

方柏林 译

人民文学出版社
PEOPLE'S LITERATURE PUBLISHING HOUSE

J. M. Coetzee
BOYHOOD

Copyright © J. M. Coetzee，1997
By arrangement with
Peter Lampack Agency，Inc.
350 Fifth Avenue，Suite 5300
New York，NY 10118 USA.
All rights are reserved by the proprietor throughout the world.

图书在版编目(CIP)数据

男孩/(南非)J.M.库切著;方柏林译.—北京:人民文学出版社,2023
(库切文集)
ISBN 978-7-02-017836-0

Ⅰ.①男… Ⅱ.①J…②方… Ⅲ.①自传体小说—南非共和国—现代 Ⅳ.①I478.45

中国国家版本馆CIP数据核字(2023)第039118号

责任编辑	冯　娅
装帧设计	刘　远
责任印制	张　娜
出版发行	人民文学出版社
社　　址	北京市朝内大街166号
邮政编码	100705
印　　刷	北京盛通印刷股份有限公司
经　　销	全国新华书店等
字　　数	106千字
开　　本	850毫米×1168毫米　1/32
印　　张	5.375　插页1
印　　数	1—5000
版　　次	2023年8月北京第1版
印　　次	2023年8月第1次印刷
书　　号	978-7-02-017836-0
定　　价	52.00元

如有印装质量问题,请与本社图书销售中心调换。电话:010-65233595

一

他们住在伍斯特镇①外的小区。小区一边是铁路,一边是国道。小区街道用的都是树名,真树倒还没有。他们的地址是白杨大道12号。小区所有房子都是新建的,外观相同,全坐落在寸草不生的大片红土地上,相互之间隔着铁丝栅栏。每个后院有个小套间,包括一个房间、一间厕所。他们没有仆人,但还是称这些为"仆人房"和"仆人洗手间"。他们用仆人房存放杂物:报纸、空瓶子、一把破椅子、一张旧的椰棕床垫。

院子最后面他们留了个家禽区,养了三只母鸡,指望它们下蛋。无奈母鸡产量不佳。地是黏土,雨水渗不走,在院子中积成一个个水洼。家禽区成了泥沼地,臭气冲天。母鸡的腿长着难看的肿块,看起来像大象的外皮。鸡们一个个病歪歪,气鼓鼓,蛋也不下了。母亲问她在斯泰伦博斯②的姐姐是怎么回事。她姐姐说,得把母鸡舌头下硬壳给剪了,母鸡才会继续下蛋。于是,母亲把母鸡抓了,夹在膝盖间,按它们的下颚,让它

---

① 伍斯特镇(Worcestor),南非西开普省城镇,博兰(the Boland)地区首府,位于开普敦东北方向。
② 斯泰伦博斯(Stellenbosch),南非西开普省城镇,位于开普敦以东,是西开普省历史第二久的城镇。

们把嘴张开,然后用削皮刀刮它们的舌头。母鸡尖叫着,扑腾着,眼睛鼓着。他浑身颤抖,转身离开。他想到母亲将炖牛排倒在厨房柜台上,切成方块。他想起了她血淋淋的手指。

最近的商店也在一英里开外,沿途稀稀拉拉种了些桉树。住宅区这些房子像一个个盒子一样。困在这里,母亲除了打扫收拾,也没啥可做。一旦起风,就有细细的黏土灰在门下打转,从窗框缝隙下渗过来,从屋檐下钻进来,从天花板的缝隙里洒下来。风暴持续一天后,灰尘会沿着前面的墙根,堆出几英寸高。

他们买了吸尘器。每天早上,母亲都会推着吸尘器,挨个屋子吸灰,灰吸进吸尘器咆哮的肚子里。那肚子上面是个微笑的红色精灵在蹦跳,如同跨越障碍。精灵:为什么放这么个红色精灵呢?

他跟真空吸尘器玩,把纸撕成一片片,看着纸条像风中树叶一样飞向吸尘管。他把吸尘管对准一堆蚂蚁,把它们吸进去弄死。

伍斯特有蚂蚁、苍蝇和成批跳蚤。伍斯特离开普敦只有九十英里,但这里处处不如人。他袜子上头,虱子咬出了一圈伤痕,还有他自己抓痕结的疤。晚上他有时候会痒得睡不着。他不懂,当初为什么要离开开普敦。

母亲也焦躁不安。她说想要一匹马,起码可以去草场上驰骋一番。一匹马!父亲说:你想做戈迪瓦夫人①吗?

---

① 戈迪瓦夫人(Lady Godiva,生不详,约 1066—1086 年间去世),古英国贵妇,传说她为减免丈夫所征收的重税,裸体骑马过闹市,市民出于崇敬,皆关门闭户不看。

2

她没买马,却冷不丁买了一辆自行车。女式的二手车,车身刷了黑漆,车又大又沉。他想在院子里骑上试试,居然踩不动脚踏板。

她也不会骑;也许骑马她也不会。她买自行车,是觉得骑自行车容易。但眼下也找不到人来教。

父亲的开心溢于言表。他说,妇道人家,骑个什么自行车!母亲不肯罢休。我不会像个囚犯似的困在这屋子里,她说。我要自由。

一开始,他觉得母亲有自己的自行车再好不过。他甚至想象她和他兄弟俩一起,驰骋在白杨大道上。面对父亲的取笑,母亲一直沉默以对,他却开始动摇。妇道人家骑什么自行车,要是父亲说得没错呢?如果母亲找不到人来教,如果团聚公园其他家庭主妇都不骑,那也许女性真的不该骑自行车呢。

母亲开始独自在后院自学。她直直地伸开双腿,让车沿着斜坡而下。自行车倒掉,停住。车没有横梁,因此她仍抓住把手,倒是没摔,但趔趔趄趄,其状滑稽。

他开始站到母亲对立面。那天傍晚,他开始和父亲一起嘲笑她。他很清楚,这算是一种背叛。母亲现在是完全孤立了。

即便如此,她还是把车学会了,但总是骑得摇摇晃晃,脚踏板也踩得费劲。

上午他在上学,她就骑车跋涉到伍斯特。他只有一次瞥见她骑车。那时她身穿白衬衫,黑裙子,沿着白杨大道骑车回家。她的头发在风中飘扬。她看起来很年轻,像个姑娘——青春,精神,神秘。

每次看到那沉重的黑自行车靠在墙上,父亲都要取笑一番。他取笑说,每次有女人吭哧吭哧骑车路过,伍斯特市民都把手头的活放下,站起来,目瞪口呆。有坑!有坑!他们喊着,笑着:使劲踩!这些笑话并不好笑,不过说完了他和父亲就都一起笑。母亲也不是口齿多么伶俐的人,从来没有把他们怼回去。"你们想笑就笑好了。"她说。

有一天,她也不做任何解释,突然就不骑自行车了。不久之后,自行车不见了。没有人说一句话,但他知道她输了,回归本分了。他知道他对此是有些责任的。总有一日,我要跟她弥补回来,他发誓。

母亲骑自行车的样子他忘不掉。她沿着白杨大道蹬着车,逃离他,奔向自己的欲望。他不想让她离开。他不希望她追求自己的欲望。他希望她一直在家里,希望他回到家时,她总在等着。他也不常和父亲合伙对付她:他本意倒是要和她合伙,一起对付父亲。可是这一回,男人们团结在一起了。

二

他与母亲没有任何交集。在学校的情况,他跟母亲一个字都不透露。他决定,什么都不让她知道。他唯一让她看到的是季度成绩单,但这成绩单会挑不出毛病。他永远要在班上排第一。他的品行评语要一直保持"优良"。他的进步评语要一直保持"出色"。只要成绩单完美无缺,她就无权过问别的。这是他自己在心里立的契约。

学校里都发生些什么事呢?总有男孩挨揍。这事每天都在发生。老师会要某个男孩弯下腰,手摸到脚趾,然后开始用教鞭抽。

三年级有个叫罗伯·哈特的同学,老师特别喜欢揍。三年级的老师叫乌瑟森,棕红色头发,脾气暴躁。也不知是经过什么渠道,他的父母找到了她的全名——玛丽·乌瑟森。她参加一些戏剧演出,未结过婚。显然,她在学校外面有自己的生活,不为他所知。他无法想象任何老师在校外的生活。

乌瑟森小姐会雷霆大怒,叫罗伯·哈特离开课桌,弯下腰,拿教鞭在屁股上横着抽。她抽得很快,一下接着一下,教鞭几乎都没有空抬起来。等乌瑟森小姐抽完了,罗伯·

哈特已是满脸通红。可他就是不哭,事实上他脸红也是弯腰涨红的。而乌瑟森老师的胸脯一起一伏,似乎有眼泪要夺眶而出。要涌出的除了眼泪,还有别的某些东西。

等这一番激情澎湃完,全班都安静下来,而且一直保持到下课铃响。

乌瑟森小姐就是没法把罗伯·哈特整哭。或许正因这个情况,她这么暴怒,这么死劲打,打得比别人都狠。罗伯·哈特是班上最大的男生,比他自己年长两岁(他在班上最小)。他感觉罗伯·哈特和乌瑟森小姐之间有些暧昧,但详情他无从知晓。

罗伯·哈特身材高大,英俊潇洒。人不算聪明,甚至可能要留级,不过他很喜欢他。罗伯·哈特代表着一个他未曾闯进的世界。这个世界里有性爱和鞭打。

至于他自己,他不想被乌瑟森小姐或任何其他人打。哪怕被打的想象出现在脑海,他都会感到羞愧。只要不被打,他干啥都可以。在这方面,他很反常,他承认他反常。他来自一个反常而可耻的家庭。这个家庭中,孩子不挨揍,对年长的人可直呼其名,没有人去教堂,人人都每天穿鞋子。

学校的每个老师,无论男女,都有教鞭,想打谁就打谁。这些教鞭各有各的性格,各有各的品行,男生都知道这些,而且对它们议论个没完。本着卖弄鉴赏水平的精神,男生们掂量这些教鞭的个性,掂量它们抽下去的疼痛程度,还比较挥教鞭的老师的臂力与腕力,看谁使得一手好教鞭。至于被老师叫起来,弯腰,被鞭打,其耻辱则没有人去提。

他自己对此毫无经验，故而这些话他也插不进嘴。不过，他知道疼痛还不是最重要的考虑因素。如果其他男孩受得了这痛苦，他也可以，他比他们意志力更强。他受不了的是耻辱。他担心，若是他被叫到，即将发生这种奇耻大辱，他势必抓牢课桌，拒绝站起来。但如果这样，他会显得不合群，别的男生会合起来对付他，他的耻辱更大。如果不巧真被叫到，被揍，他会不堪其辱，不会再来上学的，只有通过自杀才能了结。

总之，此事非同小可。所以他在课堂上不做声，保持衣着整洁，作业总按时完成，被提问时也总知道答案。他不敢松懈。一松懈，搞不好就挨揍。挨揍也好，犟着不挨揍也好，结果都一样，他都只能一死了之。

奇怪的是，只要被打一次，那辖制着他的恐惧就会冰消瓦解。他很清楚这一点。如果他挨过一次揍，而且老师出手快，让他没机会全身僵硬地反抗，如果对他身体的侵犯在动作上速战速决，末了他便会是个正常的男生，能够加入到其他男生队伍中，议论老师，议论他们的教鞭，议论教鞭打下去疼痛的程度和滋味。但光靠他自己，这个关他是闯不过的。

他把责任归咎于母亲，母亲从未对他动过手。一方面，他庆幸自己穿鞋，庆幸自己能从公共图书馆借书，庆幸自己感冒了能请假不上学——所有这些都让他与众不同——另一方面，他很愤怒母亲不生些寻常的孩子，让他们过寻常的生活。要是家里父亲当家，他会把家庭变成正常家庭。他的父亲在各方面都很正常。他很感激母亲保护他不去遭遇父亲的正常,也就是说,父亲偶尔会眼里喷火,威胁要揍他。可是他也生母亲的气,母亲把他变成了一个反常的人,需要保护才能活下去。

在教鞭当中,乌瑟森小姐的教鞭并不是他印象最深的。最可怕的是教木工的莱特根先生的教鞭。莱特根先生的教鞭,不同于其他老师喜好的品种,而是既无长度也无弹性,又粗又短,与其说是教鞭,不如说是棍子或者接力棒。有传言说,莱特根先生只用它打年龄较大的男生,小一点的男生会受不了。有传言说,莱特根先生甚至能把快上大学的新生打得痛哭、求饶、尿裤子、出尽洋相。

莱特根先生个子不高,头发修得短短的,挺得直直的,嘴上留着小胡子。他的一只拇指没了,残指被紫色疤痕覆盖。莱特根老师话不多,总摆出冷淡而烦躁的模样,好像教小孩木工课委屈了他,他教得很是敷衍。上课的大部分时候,孩子们在量尺寸、锯木头,或是在刨光,他就站在窗边,盯着四方形的操场。他有时候随身带着短粗的教鞭,一边沉思一边漫不经心地用教鞭敲着裤腿。回头他会过来巡视,轻蔑地指出大家搞错的地方,然后耸耸肩,继续向前。

同学们拿教鞭和老师开开玩笑是可以的。事实上也就在教鞭问题上,同学们能和老师打趣一番。"让这鞭子唱起来吧,先生!"同学们会说,这时候古维斯先生会甩动手腕,让长长的教鞭(全校最长的教鞭,虽然古维斯先生只不过是五年级老师)在空中呼啸而过。

没有人跟莱特根先生开玩笑。大家知道一旦落到他手里,哪怕是将近成人的男生,都会被教训得够呛,所以大家对他是敬而远之。

圣诞节,他的父亲和叔伯们在农场聚会时,总是会谈到当年上学的经历。他们会回忆起他们当年的老师和老师们的教鞭。他们会回忆起寒冷的冬日早晨,教鞭是如何把屁股打青,而且那皮肉之苦一时半会消失不了,身体会记上数天。他们的话里面有一种怀旧,一种愉悦,一种恐惧。他如饥似渴地倾听着,但尽量不引起注意。他不想他们把谈话停下来,转向他,问他自己有无领教过教鞭的滋味。他从未被打,并为此深感惭愧。他没法像这些男人那样,用轻松而又默契的口吻谈及教鞭。

他感觉自己是毁了。他觉得他的内心有种东西在割裂着——一道墙壁,一层膜。他尽量收紧身体,好把割裂给控制住。注意,这里说的是控制住,不是阻挡住。什么也阻止不了它。

每周一次,他和班上同学穿过校园,去体育馆上体育课。在更衣室里,他们换上白背心、白短裤。然后在同样穿白衣的巴纳德先生指导下,他们花半个小时或是跳鞍马,或是扔实心健身球,或是弹跳起来并且双手过头做击掌动作。

这一切他们都赤脚完成。上体育课前好几天,他都害怕光脚上课。不过,一旦脱下鞋子袜子,他发觉光脚也没什么大不了。他只要从羞耻中自我解脱出来,匆匆脱鞋脱袜子,他的脚就感觉和别人的一样。羞耻还悬在附近什么地方,等着回到他身上,不过这是他私人的羞耻,别的男生永远都不会知晓。

他的脚只是柔软点、白皙点,不然的话,和别人的看起来别无二致,包括没有鞋子、光脚上学的那些同学。他不喜欢上体育课,不喜欢课前脱鞋脱袜子,不过他告诉自己,这些他都忍得了,就好比他能忍别的东西。

突然有一天,课程内容发生了变化。老师让他们离开健身房,去网球场学板式网球。去网球场有点路,他得小心翼翼地走,绕开那些卵石。在夏日阳光的炙烤下,网球场的柏油碎石地面热得发烫,他得不停换脚蹦跳,以免烫着脚。重新回到更衣室,穿上鞋子,他才如释重负。不过到了下午,他就完全无法走路了。回到家,妈妈把他的鞋子脱下来,发现他脚底板起了泡,还在淌血。

他在家里花了三天时间养伤。第四天,他回来了,还带上了母亲的信。信的措辞不大客气,这个他知道,也认同。就像受伤的战士回归队伍一样,他一瘸一拐地沿着过道,走到自己的课桌前。

"你怎么没来上学?"他的同学们低声问。

"去打球我的脚起了泡,走不了。"他低声说道。

他指望大家表达出惊讶和同情,相反,大家听到这情况乐不可支。连那些平时穿鞋的同学都不把他的话当回事。不知怎的,他们的脚锻炼已久,不会起泡的。唯有他的脚还那么柔软,看来,脚软的人不配得到区别对待。他突然感觉很孤单——孤单的是他,还有他身后的母亲。

三

他一直没搞清楚父亲在家中的地位。事实上,他甚至不明白父亲有什么权利待在这个家里。在正常的人家,父亲是一家之主,家是他的,老婆孩子都在他的羽翼之下——这是他可以接受的状况。可是在他自己以及两个姨妈的家里,母亲和孩子是主心骨,丈夫无异于附属品,主要起经济贡献者的作用,就好比是房租客。

从他记事开始,他就感觉自己是家里的王子,而母亲起的作用是捧着他,护着他。不过小孩颠倒过来,以小管大,总是不大合理,所以他能看出,母亲捧得疑虑重重,护得神经兮兮。如果说有什么嫉妒的话,他不嫉妒父亲,但嫉妒弟弟。弟弟也聪明,但不及他,也不比他大胆、冒险,但母亲也捧他,甚至因此对他偏心。事实上,母亲似乎总在盯着他弟弟,时刻准备着替他阻挡危险。对他而言,母亲只是在身后远远地等着,听着,他召唤了,她才会过来。

他希望她对他像对待他的兄弟那样。但他只希望母亲象征性地证明一下,仅此而已。他知道,若是母亲真的无微不至地成天盯着他,他会暴跳如雷。

他总要逼她摊牌,亲口说自己是偏爱他还是他弟弟。

她总是狡猾地绕开陷阱。"我对你们两个的爱是一样的。"她会微笑着说。他有时候会问出些刁钻一些的问题,比如房子着火了,她只有时间救一个人,她是去救他,还是他弟弟?这也难不倒她。"你们两个,"她说,"我肯定是你们两个都救。但房子不会着火的。"这种咬文嚼字他觉得可笑,但是母亲的始终如一倒也赢得了他的尊敬。

他对母亲有时候也大发脾气,但这种情况他对外严格保密。只有家里四个人知道,他对她嘲弄起来无所不用其极,简直视她为低人一等。"如果你的老师和朋友知道你这么跟你妈讲话……"他的父亲会意味深长地晃动着一个手指说。他恨父亲对他的弱点这么洞若观火。

他希望父亲揍他,把他变成正常的男孩。可是同时,他也知道,如果父亲胆敢动手,他会不报复不罢休。如果父亲打他,他会怒气冲天,像是被鬼附了身,或是老鼠被逼到了墙角:上蹿下跳,用毒牙咬人,危险得无法靠近。

在家里,他是个性情急躁的暴君,在学校里,他是温顺可人的羔羊。他坐在最不被人注意的倒数第二排。老师开始打同学时,他就会恐惧得浑身僵直。这样的双重生活他觉得很有欺骗性,他有心理负担。这样的处境,没有多少人能受得了,包括他的弟弟——他弟弟不过是他的翻版,只是更紧张一些,更愚蠢一些。事实上,他怀疑弟弟骨子里是正常的。他则孤立无依。他不会得到任何人的支持。他必须自己找到办法,走出童年,走出家庭,走出学校,迈向不需要伪装的新世界。

《儿童百科全书》上说,童年是纯真无邪的人生时节,充满欢乐。童年时光应该在毛茛摇曳、野兔奔跑的草地上；童年时光应该在壁炉边,边烤火边入迷地看故事书。这样的童年对他全然是陌生的。在伍斯特,无论在家还是学校里,他所经历的一切,让他感到童年让人煎熬,童年是咬牙切齿过来的。

伍斯特没有狼崽团①,十岁的他获准直接加入童子军。童子军的加入仪式是大事,他精心准备。母亲带他去服装店购买制服：挺括的橄榄棕色毡帽,银色帽子徽章,卡其衬衫、短裤、长袜,带童子军徽标扣的皮带,绿色肩标,绿色绶带。他从一棵白杨树上砍下一根五英尺长的枝条,剥了皮,把螺丝刀烧热,在白树枝上烧出摩尔斯电码和旗语符号。第一次参加童子军集会时,他就把这摩尔斯电码棍扛在肩上,上面系着他自己用三股线编的绿绳子。他伸出双指宣誓,在所有童子军里面,被称为"嫩脚兵"②的他在装束上最无懈可击。

他发现,童子军跟学校很像,都要通过考试。每过一门考试你会得到一个徽章,然后你可以把它缝在衬衫上。

考试的次序是事先定好的。第一次考试是打绳结：单礁结,双礁结,羊蹄结,弓形结。他过了,但不是优等。他不清楚如何拿到优等,在众人中脱颖而出。

第二次考试是"樵夫"类,可获"樵夫"徽章。通过的标

---

① 狼崽团类似于童子军,是给低龄儿童参加的。
② 童子军中最低级别。

准是用不超过三根火柴生火,其间不能用纸。那一天,他们在英国圣公会教堂大厅一侧的光地上,黄昏的冬风在吹着。他把树枝和树皮的碎片堆在一起,在领队和队长的观察下,一根火柴接着一根地擦。每一次风都把小小的火苗吹灭,火没法生起来。领队和队长转身离开。他们没有说出来"你没有过",所以他也没法知道是否真的没及格。或许他们是去讨论,风是否影响了考试的公平?他等着他们回来。他等着他们授给他"樵夫"徽章。不过什么消息也没有。他站在他那一堆树枝边上,什么消息也没有。

没有人再次提到这事。这是他人生中第一次考试失败。

每年六月的假期,童子军都会去野营。除了四岁那年住院的一个礼拜之外,他从来没有离开过母亲。但他决心与童子军一起去。

童子军发了清单,列出了要带的用品。其中之一是防潮布。母亲没有防潮布,也不知道防潮布为何物。她给了他一个充气的红色橡胶床垫。在露营地,他发现其他所有男孩都按规定带了卡其色防潮布。他的红色充气床垫显得格格不入。还有更糟糕的:厕所只是地上挖了个洞做的茅坑,臭烘烘的,他拉不下来。

在露营的第三天,他们去布里德河游泳。过去住开普敦的时候,他曾和弟弟与表弟乘火车去鱼钩镇,在那边一待就是一个下午,沿着岩石爬上爬下,在沙滩上建造城堡,在海浪中嬉戏,不过他并没有学会游泳。现在,作为童子军,他必须在河里游一个来回。

他讨厌这浑浊的河,河底泥巴从脚趾间冒出来,他还有可能踩到生锈的锡罐和碎玻璃瓶;他更喜欢干净的白色海沙。但他不管三七二十一,还是一个猛子扎了下去,胡乱划了过去。游到对岸,他抓住一根树根稳住,站在齐腰深的褐色浑水里,牙齿打战。

别的男孩转身往回游。他一个人没动。没有别的办法,只能重新下到水里。

游到一半,他筋疲力尽,不想游了,想在水里站一下。水很深。他的头一下子沉到了水下。他想起来,重新开始游,可是一点力气都没了。他再一次沉了下去。

他眼前晃过一个场面:母亲坐在椅背又高又直的椅子上,念一封交代他死亡的来信。弟弟站在她身边,从她肩后读这信。

等他苏醒过来的时候,他躺在河岸上,看到队长正叉开双腿看着他。队长名叫迈克尔,但他过于害羞,还没有和他讲过话呢。他闭上眼睛,充满了幸福感。他被救了下来。

此后的连续几个星期,他都会想起迈克尔,想到他是如何冒着生命危险,跳下河回去救他。每每想起,他总是惊奇迈克尔是怎么留意到了他,留意到了他濒临溺毙。与迈克尔相比,他几乎可以忽略不计。迈克尔自己是七年级,什么高级徽章都得过,还将晋级至国王级童子军。迈克尔当时如果没注意到他下沉,甚至回到营地后才想起他,都是很正常的事。如果是这种情况,迈克尔就必须写信给他的母亲,用这种酷酷的公文式开头:"我们很遗憾地通知您……"

从那天开始,他就知道自己有些特别。经大难而未死。这么窝囊,却获得了第二次生命。他已经死了,但还活着。

野营发生的一切,他对母亲只字不提。

四

他学校生活有个大秘密,他在家里没有告诉任何人:他皈依了罗马天主教,也可以这么说,他一直"都是"罗马天主教徒。

这个话题在家里无从启齿,因为家里人"什么也不是"。当然,他们是南非人。但南非人这个身份也有点尴尬,大家都不说。住在南非的未必都是南非人,或者说未必是地道南非人。

家里人肯定是没有什么宗教信仰的。父亲家的人比母亲家更保守、更普通一些,但即便是他们家的人,也都不信教,没人上教堂。他本人一生只去过两次教堂:一次是受洗,一次是为了庆祝二战胜利。

变成"罗马天主教徒"的决定比较突然。到新学校的第一天早上,其余的同学们去学校礼堂开会,他和另外三个新来的男生被留下了。"你信什么教?"老师挨个问。他东张西望。正确答案是什么呢?有哪些宗教可供选择?是跟俄罗斯人或是美国人一回事吗?轮到他了。"你信什么教?"老师问。他出汗了,不知道该说些什么。"你是基督徒、罗马天主教徒还是犹太教徒?"她不耐烦地问道。"罗马天主教徒。"他说。

提问结束后,老师示意他和另一个自称犹太教徒的男生留下。说自己是基督徒的两个男生被打发去礼堂了。

他们等着看自己是什么下场。但什么也没有发生。走廊空荡荡,楼内静悄悄,一个老师都不在。

他们逛到操场,加入到同样留下的一众同学中间。现在是玩弹子的季节。操场空荡荡的,有种让人陌生的寂静,空中有鸽子咕咕在叫,远方有淡淡的歌声飘来。他们就在这环境下玩着弹子。时间过得很快。不久散会的铃声响了起来。那些男生按照班级顺序,列着队归来。有的看来心情不佳。"Jood!"①一个阿非利堪②男孩经过时尖声叫着。回到班上时,没有一个同学脸上带笑容。

这事让他不安。他希望次日老师会再次把他和其他男孩留下,给他们重新选择的机会。

显然他是说错了,下次再问他就说自己是基督徒。但没有第二次机会了。

每周学校会有两次将绵羊与山羊分离的把戏。犹太人和天主教徒留下来听之任之,基督徒则去礼堂唱赞美诗,听布道。为了报复这区别对待,也为了给犹太人对基督的所作所为报仇,学校那些五大三粗的阿非利堪男生有时会抓

---

① 原文为南非语,指犹太人。原文中作者有时候先用南非语,随即补充英文。如属这种情况,本书将英文译成中文,不再另行说明。
② 南非白人,多为荷兰或德国后裔,他们说的语言为南非语,是荷兰语的一种,使用者多分布于南非、纳米比亚,在博茨瓦纳和津巴布韦也有些使用者。

住个犹太教徒或天主教徒,对他们的上臂处饱以老拳,用膝顶他们的档部,或是反扭他们的双臂,直到他们求饶。"Asseblief!"①被打的男孩会带着哭腔叫:拜托了! 他们就狠狠地说:"Jood! Vuilgoed!"犹太佬! 脏东西!

有一天午休时候,两个阿非利堪男孩把他围住,拖到橄榄球场最远的角落。他们一个是个大块头胖子。他恳求他们。"Ek is nie'n Jood nie."他说:我不是犹太人。他提议让他们骑他的自行车,他的车下午他们随便骑。他越这么嘟嘟囔囔,那胖子就越是满脸堆笑。显然,这哀求,这贬低,胖子十分受用。

胖子从衬衫口袋掏出个什么东西来,一看就知道为什么这两人要把他拖到僻静处了:原来这是一条蠕动的绿毛毛虫。胖子的同伙把他手反绑到身后,胖子拧他下巴,逼得他把口张开,然后把毛毛虫塞了进去。他马上吐出来,可是毛毛虫已经断了,汁液都流了出来。胖子把毛毛虫碾碎,涂在他嘴唇上。"Jood!"他说,然后在草地上擦自己的手。

那个要命的上午,他之所以选择成为罗马天主教徒,是因为罗马,因为霍拉提乌斯②和他的两个同伴,手中提剑,头戴花盔,眼中透出不屈不挠的勇气,在台伯河上抵挡伊特鲁里亚大军。现在,他从另外一个罗马天主教男

---

① 南非语:饶命!
② 霍拉提乌斯(Publius Horatius Cocles),古罗马军官,公元前508年伊特鲁里亚人入侵罗马时,他在桥上抵挡住了敌军进攻,后跳河成功脱险。

19

生身上,发现了罗马天主教徒真正是什么样子。罗马天主教徒与罗马无关。罗马天主教徒们甚至可能没听说过霍拉提乌斯。罗马天主教徒无非是星期五下午去参加教义问答,还要去忏悔、领圣餐。这些才是罗马天主教徒做的事。

年长一些的天主教男生也会逼问他:参加教义问答了没有?去忏悔没有?领圣餐了没有?教义问答?忏悔?圣餐?他甚至都不知道这些词是什么意思。"过去在开普敦我去的。"他支吾道。"哪里?"他们问。他不知道开普敦任何教堂的名字,但对方也不会知道。"星期五来参加教义问答。"他们命令。他没有去,对方就向神父告状,说三年级有个叛教的。神父要他们转告:他务必要来参加教义问答。他怀疑这消息是他们捏造的。接下来的那个星期五,他躲在家里。

年长的天主教男生们就明确表示,他们不相信他在开普敦做过天主教徒。不过他现在已经骑虎难下。如果他说,"我搞错了,我实际上是基督徒",他会受到羞辱。还有,就算阿非利堪同学嘲弄他,真正的天主教同学考问他,一周下来,还是有两节课自由时间,能去操场上和犹太同学聊聊天,这有什么不好呢?

一个星期六下午,整个伍斯特被热浪袭击,外面空无一人,他骑车去多尔普街。

多尔普街是天主教堂所在地,平日里他敬而远之。但今天这条街空无一人,除了沟里的淙淙流水,周遭一片寂静。他漫不经心地骑车路过教堂,假装不去看。

教堂是幢矮楼,平淡无奇,也没有他想象的那么大。门廊上有一尊小雕像:圣母马利亚,戴着头巾,抱着婴孩。

他骑到了街道尽头,想转回去再看一眼,又怕自己运气不佳:或许哪里会冒出个穿黑袍的神父来,伸手拦住他。

天主教男孩烦他、嘲弄他,基督徒迫害他,到头来也就犹太教的同学不去论断他。犹太教同学假装不去注意他。犹太同学也穿鞋。和犹太同学在一起,他竟感觉舒服一些。犹太人并不是那么糟糕嘛。

不过,和犹太人打交道,还是得小心为妙。到处都是犹太人。犹太人接下来会控制这个国家——这种说法来自四面八方,尤其是两个舅舅来做客的时候。诺曼和兰斯每年夏天都会来,像候鸟那样准时,不过两人很少同时来。他们就睡沙发上,十一点起床,在家里磨蹭几个小时,衣衫不整,模样邋遢。两人都有车,有时也可以让他们开车带自己的姐姐或者两个外甥出去转转,不过他们更喜欢宅在家里,抽抽烟,喝喝茶,聊聊过去的日子。然后大家吃晚饭,吃完了晚饭就打扑克牌或者拉米牌,跟谁打都行,一直打到半夜,只要有人愿意不睡,陪着他们打。

他喜欢听母亲和舅舅说童年时在农场的那些事。这些事情他们都说过上千次了,说这些事的时候他们欢声笑语,他听着,也是无比开心。他伍斯特的朋友们,家里都不会有这些故事。这是他异乎寻常之处:除了他身后的两个农场——母亲家有农场,父亲家有农场——这些农场都有故事。通过农场,他和过去联系到了一起。通过农场,他有了内涵。

还有第三个农场：威利斯顿①附近的斯基珀斯克罗夫农场②。他的家人和这地方本无渊源，这农场是通过婚姻而得来的。尽管如此，斯基珀斯克罗夫也很重要。所有农场都很重要。农场是充满自由和生命力的地方。

在诺曼、兰斯和母亲的故事里，犹太人诙谐、精明，但也像豺狼那样奸诈无情。奥茨胡恩的犹太人每年都来农场，从他们父亲——也就是他的外祖父——手里购买鸵鸟羽毛。他们说服他放弃羊毛生意，在农场专养鸵鸟。他们说，鸵鸟会让他发财。突然有一天，鸵鸟毛行情大跌。犹太人不再来买羽毛，外祖父破产了。整个一带所有人都破产了，犹太人接管了他们的农场。这就是犹太人的经营方式，诺曼说：你绝不能相信犹太人。

他的父亲表示反对。他的父亲无法谴责犹太人，他的老板就是犹太人。他在"标准罐装"公司上班，做簿记员，公司老板名叫沃尔夫·海勒。当初父亲在开普敦做公务员，失业后，正是沃尔夫·海勒把他招到伍斯特的。他们家庭的未来，与"标准罐装"公司的未来息息相关。沃尔夫·海勒接手后，几年工夫就把公司经营成了罐头界巨人。父亲说，像他这样有律师执业资格的人，在"标准罐装"公司前途无量。

于是，沃尔夫·海勒可以免受对犹太人的指责。沃尔夫·海勒对员工颇为照顾。犹太人本来不过圣诞节，可是

---

① 威利斯顿（Williston），南非北开普省城镇。
② 斯基珀斯克罗夫（Skipperskloof），南非纳马夸兰行政区的农场。

每年圣诞,他都给员工买礼物。

海勒家的孩子不在伍斯特的学校上学。如果海勒家有读书年龄的孩子,他们也一定会给送到开普敦的SACS。SACS是一所犹太学校,就是名字不那么犹太化。团聚公园也没有犹太家庭。伍斯特的犹太人住在绿树成荫的老城区。班上有犹太学生,但家里从未邀请他们做客。他只是在学校看到他们,在周礼拜会的时候,犹太人和天主教徒被孤立,遭受基督徒的嘲弄,大家倒也同病相怜。

不过有的时候,他们免于礼拜会的特权也会被取消,他们也被叫到礼堂去。

礼堂里总是挤满了人。高中的学生有座位,而初中的学生则挤在地上坐。犹太人和天主教徒——一共约莫二十人——要在他们中间找空位。他们走的时候,总有人伸手偷偷地抓住他们的脚踝,试图绊倒他们。

牧师已经在台上了。他还年轻,脸色苍白,穿着黑西装,打着白领带。他布道的声音高亢而单调,发音时元音拖长,每个词每个音节都说得字正腔圆。讲道结束后,他们要站起来祈祷。基督徒祷告时天主教徒怎么做才对呢?闭上眼睛,动动嘴皮,还是假装人不在呢?他的视野里看不到真正的天主教同学,他于是做出面容空白、眼神迷茫状。

牧师坐了下来。赞美诗本传发了开来,到唱诗的时候了。一位女教师站出来指挥。"Al die veld is vrolik, al die voëltjies sing."①初中生唱道。接着高中生站起来。"Uit die blou van onse hemel."②他们的声音低沉,站成立正姿势,眼睛直视前方:国歌,他们的国歌。接着,低年级男生怯生生地加入进来。女教师俯下身子,挥动双臂,样子像要捧起羽毛。她努力要他们精神振作些,抖擞些。"Ons sal antwoord op jou roepstem, ons sal offer wat jy vra."③他们唱着:你的召唤,我们响应。

终于结束了。教师们陆续从台上下来。先是校长,然后是牧师,接着是其他老师。男孩们列队走出礼堂。有人向他后腰捅了一拳,动作很快,不知是谁。"Jood!"有人低声骂。然后他就出来了,自由了,可以再次呼吸新鲜空气了。

真正的天主教徒威胁他,神父可能造访他家,把他的伪装戳穿。尽管如此,他还是感谢那些英雄的启发,让他选择了罗马。他感谢庇护他的教会。他没有遗憾,他也继续做他的天主教徒。如果成为基督徒意味着唱赞美诗、听布道、出来折磨犹太人,不当基督徒也罢。如果伍斯特的天主教徒不是罗马人,不知道霍拉提乌斯和他的同伴们如何守护台伯河的大桥("台伯河,父亲河,我们罗马人向你祈祷"),不知列奥尼达斯如何统帅斯巴达战士镇守温泉关,也不知罗兰是如何守在关隘抵御撒拉逊人,这都不是他的错。他

---

① 南非语,大地欢呼,鸟儿歌唱。
② 南非语,歌词来自南非当时的国歌《南非的呐喊》,意思为:在我们蓝色的天幕下。
③ 南非语:你的召唤,我们响应,你的要求,我们接受。

认为世界上最大的英勇,是一夫当关万夫莫敌。而最大的高贵,是牺牲自己的生命,拯救他人,让他人后来抚尸恸哭。这就是他想成为的人:英雄。罗马天主教本该这样。

那是一个夏天的傍晚,经过漫长而炎热的白天后,天气凉爽下来。他在公共花园里,和格林伯格和戈德斯坦一起打板球:格林伯格成绩优秀,板球不佳;戈德斯坦有着棕色的大眼睛,穿着凉鞋,很是潇洒。天色已晚,早过了七点半。花园里除了他们三个人之外,什么人也没有。天黑得看不到球,他们只有停住。他们开始像孩子一样玩摔跤,在草地上滚来滚去,互相挠痒,一个个在咯咯笑。他站起来,深吸一口气,心里就涌起一阵狂喜。他在想:"我生活中从未如此幸福。我想永远和格林伯格和戈德斯坦在一起。"

他们分手了。真的,他想永远这样下去,骑着自行车,在夏日的黄昏时分,穿过伍斯特空旷而开阔的街道,别的孩子都被叫到屋里了,就他君临在外,如若帝王。

五

成了天主教徒是他在学校的秘密。喜欢俄罗斯人胜过美国人也是一大秘密,更是阴暗,他从未向任何人透露。喜欢俄罗斯人可不是好玩的事。要是让人知道了自己就会被孤立起来,搞不好还要坐牢。

他柜子里有个盒子,里面保留着他1947年最喜欢俄罗斯时画的一些画。这些画是用浓铅笔勾勒,然后用蜡笔上了色,画上有俄罗斯飞机在空中射击美国飞机,俄罗斯战舰击沉美国战舰。那一年民情集体发热,收音机里出现了一波反俄声浪,每个人都在选边站。后来反俄舆情消退,可他还在暗中保持了自己的忠诚:忠诚于俄罗斯,但他更忠诚于画这些画时的自己。

伍斯特这里没有人知道他喜欢俄罗斯人。在开普敦,他则有个叫尼基的好友,他们有时候一起,玩那种用弹簧枪发射火柴的打仗游戏。后来他发现支持俄罗斯何等危险,于是要尼基发誓保密。接着,为了双保险,他还告诉尼基,他如今已经改变立场,喜欢美国人了。

伍斯特就只有他喜欢俄罗斯人。他对红星的忠诚,让他在这里与众不同。

这种迷恋他自己都觉得奇怪,他是受到什么影响了呢?他的母亲名叫维拉:维拉,首字母是 V,像支箭头向下的冷箭。她告诉他说,维拉是俄罗斯名字。俄罗斯人和美国人第一次摆在他面前,他必须做出选择时("你喜欢谁,史沫资还是马兰①?超人还是惊奇队长?俄罗斯人还是美国人?"),他选择了俄罗斯人,就好比他选择了罗马人:因为他喜欢字母 r,尤其是大写的 R,他觉得它是字母中最厉害的一个。②

1947 年,其他人都选美国人时,他选择了俄罗斯人。选了俄罗斯人后,他如饥似渴地阅读相关书籍。他父亲拥有一套三卷本的二战史。他喜欢得不忍释卷。他会逐字逐句阅读,对照片也一一细看:俄罗斯士兵穿着白色滑雪服,俄罗斯士兵端着冲锋枪,在斯大林格勒的废墟中穿行,俄罗斯坦克指挥官用双筒望远镜向前瞭望。(俄罗斯 T-34 坦克是世上最好的坦克,胜过美国的谢尔曼坦克,甚至胜过德国虎式坦克。)他一次又一次地加工一幅俄罗斯飞行员的轰炸机俯冲向德军坦克阵的图画。图画上坦克阵火光四起,一片狼藉。俄罗斯的一切他都喜欢。他喜欢严父般的斯大林元帅,认为他是二战中最伟大也最富有远见的战略家。他喜欢俄罗斯猎狼犬,此犬速度奇快,为狗中魁首。他对俄罗斯了如指掌,包括它的陆地面积是多少平方公里,煤炭和钢铁产量是多少吨,伏尔加河、第聂伯河、叶尼塞河、鄂毕河

---

① 史沫资(Jan Smuts)和马兰(Daniel F. Malan)均为南非政治家,分属统一党和国民党,在 1948 年大选中两人对立,后来马兰胜选。
② 俄罗斯(Russia)和罗马(Rome)的首字母都是 R。

等大河分别是多长。

可是,他这喜好父母不悦,朋友们也不解,同学们跟自己的父母说了,回头转告他说:喜欢俄罗斯可不是好事,也是被禁止的。

他好像总是阴差阳错。无论他想要什么,无论他喜欢什么,迟早都得埋到心底。他开始觉得,自己就好比一只蜘蛛,住在地下的洞里,洞是封的,只留个活板门。一有风吹草动,蜘蛛就得逃回洞里,关上身后的活板门,和世界隔绝,隐藏起来。

在伍斯特他把自己喜欢俄罗斯的过去隐藏起来,把应受谴责的图画本藏起来。画本上,敌人的战斗机带着黑烟俯冲向大海,敌人的战舰头朝下,开始沉没在波浪之中。绘画的爱好告一段落后,他开始迷上想象的板球比赛。他使用木制沙滩球拍和网球。他的挑战是如何长时间地将球保持在空中。他会连续几个小时围着餐桌拍球。所有的花瓶和装饰品都被移走。球撞到天花板时,会有细细的红色灰尘洒落下来。

他会在想象中打整场比赛,每队十一名击球手,每人击球两次。每次打中都算一次得分。如果因为自己疏忽,球没有击中,那么球手就出局,他会在记分牌上记上一笔。得分总数总是很高:500 分、600 分。有一次英格兰队得了 1000 分,这是真正的球队从未做到的。这些比赛,有时英格兰胜,有时南非胜,澳大利亚和新西兰胜得少一些。

俄罗斯和美国不打板球。美国人打棒球。俄罗斯人似乎不打球类比赛,或许是因为俄罗斯老下雪吧。

他不知道俄罗斯人不打仗时干什么。

这些私人板球比赛他没有告诉朋友们,只是自个儿在家里玩。有一次,大约是伍斯特的春季,班上有个同学从他家敞开的前门进来,发现他躺在椅子下。"你躺那儿干吗呀?"同学问。"在思考,"他不假思索地回答,"我喜欢思考。"不久,班上的每个人都知道了这件事:新来的男生很奇怪,人不大正常。经过了这次错误,他更加谨慎了。谨慎的办法,就是有事少说强过多说。

只要能找到人,他也喜欢打真正的板球。不过在团聚公园中间空荡荡的广场上,板球速度慢得让人受不了:击球手总击不中,守门员也总拦不住,球最终总会丢掉。他讨厌去找丢掉的球。他也讨厌守卫,在石头地上每次跌倒,手和膝盖都会擦破流血。他想击球或者投球,仅此而已。

他想拉弟弟参加。弟弟才六岁,他承诺如果弟弟愿意去后院投球给他,他就把自己的玩具给他玩。弟弟投了一会儿球就厌了,怏怏地躲回屋了。他想教母亲投球,不过她怎么也学不会。他开始不耐烦,母亲却为自己的笨拙笑得乱颤。最后他随她怎样去扔球。母亲跟儿子在一起打板球,从街上看来,这景象也不是多光彩。

他将一个果酱罐剪成两半,并将下面的一半钉在一根两英尺长的木棍上。他弄了个包装箱,里面用砖头压住,然后安上一个轴承,把木棍装在轴承上。木棍子被一条自行车内胎上取下的橡胶向前绷着,再用绳子往后拉着——绳子经过包装箱上的一个钩子。他将一个球放入锡杯,退回十码,拉动绳子直到橡胶绷紧,然后用脚后跟踩绳子,做好击球姿势后,把绳子放开。球有时会射向空中,有时直接砸到他的头上,不过总有那么几回,球会距离刚好,让他击中。他对此颇为满意:击球投球他都能一个人完成,他胜利了,没有什么是不可能的。

有一天,好朋友的亲密无间让他放松戒备,他问格林伯格和戈德斯坦最早的童年回忆都是什么。格林伯格略带迟疑地说:是一场他不愿意参加的比赛。戈德斯坦则讲了个被人带到海滩的故事,说得啰唆而且无聊,他根本都没有认真听。当然了,游戏的本质,不过是找机会讲述自己的最初回忆。

他在约翰内斯堡①的公寓,身子探出窗户。夜幕降临。远处有车在街道上飞快地开过来。一条狗,一条小小的斑点狗,在车子前面跑。汽车撞到了狗:轮子正好压到狗身上。狗的后腿瘫了,费劲地爬走,一边爬一边痛叫。毫无疑问,狗会死的。就在这时候,家人把他从窗边拉开。

这是个多牛的最初记忆啊,比戈德斯坦的强多了。但这事真发生过吗?他为什么探出身子,看着空荡荡的街道?他真的看到车撞到了狗,还是他听到狗的痛叫,然后跑向窗口的?还是他看到了一条狗拖着压烂的后腿,然后编出了车子、司机和故事的其他细节?

另外还有一个别的最初记忆,他觉得更可靠一些,但他不肯跟人说,尤其不会告诉格林伯格和戈德斯坦。他们会在校园里乱说,把他变成笑柄。

---

① 约翰内斯堡(Johannesburg),南非最大城市,位于南非东北部。

他和妈妈坐在公交车上。当时天应该很冷,因为他穿着红色的羊毛袜,戴着羊毛帽,帽子上有绒球。车子正经过荒凉的斯瓦特贝赫关口①,爬坡上行,车引擎吭哧吭哧。

他手里拿着一张糖果纸。窗户开了道缝,他把糖果纸伸了出去,糖纸在风中挥动。

"我要不要松手?"他问母亲。

她点点头。他松开手。

纸片飞向空中。下面空无一物,只有阴森森的峡谷,四周是冷冰冰的山峰。他回过头,最后看了一眼那糖纸。它仍在勇敢地飞翔。

"纸最后会怎么样?"他问母亲。她也不知道。

这是他的另一个记忆,秘密的记忆。他常会想起那纸片,他本该把它留住,却将其抛弃在空旷寂寥之中。总有一日,他要回到斯瓦特贝赫关口,找到它,拯救它。这是他的职责:不把这事办下来,他不可以离开人世。

对于"不会动手"的男人,母亲鄙夷不屑。她鄙夷的对象包括自己的父亲和两兄弟,尤其是大哥罗兰。罗兰要是勤快点,多还点债,家里农场还能留下来,可他就是没这么干。父亲家同辈的男人很多,直接有血缘关系的六个,另外还有五个是通过婚姻建立的关系。母亲最欣赏的是乔波尔·奥利维尔,他在斯基珀斯克罗夫农场装了发电机,还自学了牙医。(他有回去农场时突然牙痛。乔波尔叔叔让他

---

① 斯瓦特贝赫(Swartberg),南非西开普省山区。

坐在树下的椅子上,也不用麻醉,就直接给他牙齿钻了个洞,填上牙胶。他一辈子从来没这么痛过。)

家里的东西——盘子、装饰品、玩具——如有破损,母亲都自己动手修:用线或者胶水。她给捆到一起的东西最终会松掉,因为她不知道怎么打结。她粘的东西也会散掉,她怪胶水差。

厨房抽屉里装满了弯曲的钉子,长短不齐的绳索,成团锡箔,用过的邮票。"我们留这些干什么?"他问。"万一用得上呢。"她回答说。

母亲心情不好的时候,就对书本知识抨击一番。小孩应该送去职业学校,她说,然后出来找事做。学习只是胡说八道。最好学会打橱柜,当木匠,能对付木器活。她对农业失去了兴趣:现在农民突然发了财了,人懒了,还喜欢卖弄。

羊毛的价格在噌噌涨。收音机里说,最高等级的羊毛,日本人按每磅一镑的价格收购。羊农们在买新车,去海边度假。"你现在这么有钱,得分点给我们吧。"她在拜访百鸟泉时对索恩大伯说。她说话时面带微笑,假装在开玩笑,但这并不好笑。索恩大伯看起来很尴尬,嘴里嘟囔了一声,不过他没听明白说的是什么。

这个农场不该是索恩伯一个人的,母亲告诉他:是遗赠给所有十二个儿女,大家均分的。为了避免被零散拍卖给陌生人,其余的兄弟姐妹同意把自己的那一份卖给索恩,买卖后,每人拿到一张几镑的欠条。现在,由于日本人的缘故,农场价值数千镑。索恩应该把钱分一分。

母亲这么赤裸裸张口要钱让他感到难堪。

"你要当医生或律师,"她告诉他,"这些人才有钱赚。"但在别的一些时候,她告诉他说律师都是骗子。他没有问,父亲的情况怎么算?他是律师,可是赚不了钱。

她说,医生对他们的病人不感兴趣。他们只是让你吃药。阿非利堪医生是最糟糕的,他们根本就不称职。

她的说法变来变去,他吃不准她心里到底怎么想。他和弟弟有时候会跟她辩,指出她的前后矛盾。如果她认为农民比律师更好,她为什么要和律师结婚?如果她认为书本知识是胡说八道,她为什么要当老师?他们与她争论得越多,她就越是开心地微笑。孩子们的文字水平她十分满意,每次她都认输,也不怎么为自己辩,甘心让他们赢。

他对她这种快乐并不买账,并不觉得这些论点有趣。他真希望母亲信一件事就坚持到底。受一时情绪的影响,她会做出些以偏概全的判断,这让他恼火。

至于他自己,可能是当老师。等他长大了,可能过的就是老师的生活。这生活会比较沉闷,可是除此之外还有什么可选的呢?有一段时间,他想当火车司机。"你长大后想干什么?"他的姑母姨妈和叔伯舅舅们常这么问。"火车司机。"他会蹦出这个说法,每个人这时候都会点头微笑。现在他明白,小男孩都会说"火车司机",就像小女孩会说"护士"一样。他现在不小了,他属于大世界。他得把驾驶大铁马的梦放到一边,做点实际的事了。他在学校成绩不错,不过除了上学外,他也没有别的长项,于是他只能留在学校里,一级一级往上升。总有一天,他会升为学校督察。不过他不喜欢坐办公室的差事。一个人从早到晚上班,每年只有两个礼拜假期,这日子能过吗?

他会成为什么样的老师呢?他只有一些模糊的想象。他看到了一个人,穿着运动夹克和灰色法兰绒(这似乎是男教师的标准服装),走在走廊里,胳肢窝下夹着书。这个想象也是短暂的,转瞬即逝。他看不到这人的脸。

他希望,等这一天到来时,他不会被派去伍斯特这样的地方去教书。但或许伍斯特是必须经过的炼狱,也许这地方的存在,就是为了送人来考验呢。

有一天,老师给他们布置了一篇当堂写的作文——"我早晨做的事"。老师要求他们写上学之前做的事。他知道老师指望他说什么:他自己铺床,早饭后自己洗碗,自己准备三明治午餐。事实上这些他都没有动手,而是母亲代劳,不过他撒谎撒得不露半点马脚。但是后来他画蛇添足,说自己还刷鞋子。他一生当中从来没有刷过鞋子。文章中他说他用刷子把鞋子上的灰刷掉,然后用破布蘸鞋油把鞋擦亮。乌瑟森小姐在刷鞋的描述旁边画了个蓝色的大感叹号。他感到羞愧,祈祷她不让自己在课堂上读这篇文章。那天晚上,他认真看母亲如何给他擦鞋,免得再次搞错。

他让母亲给他擦鞋,别的事,只要母亲乐意,他也都由她去做。只有一件事例外——如果他光着身子在浴室里,他不会像过去那样让她进来了。

他知道自己喜欢撒谎,心肠不好,可是他也不愿意去改。不改,不是他不想改。他与其他男孩的区别,在于他和母亲的关系,以及他不正常的家庭,也在于他的撒谎。如果他不说谎,他就得亲自擦皮鞋,说话礼貌,行为举止和正常男孩一个样。若真如此,他也不是他自己了。如果他不再是自己,活着又有什么意义?

他是骗子,也很冷酷:对世界上谁都骗,对母亲也冷酷无情。他能看到,他的日渐疏远,母亲看在眼里痛在心里。不过他把心硬下来,不去悔改。他唯一的借口,是他对自己一样无情。他欺人,但并不自欺。

"你什么时候会死?"有一天他带着挑衅口吻问母亲,这放肆让他自己都大吃一惊。

"我不会死的。"她回答说。她的声音里有一种故作的欢快。

"要是你得了癌症怎么办?"

"得癌是因胸部受到打击,我是不会得的。我会长命百岁,死不了的。"

他知道她为什么这么说。她是怕他们兄弟俩担心。她的说法莫名其妙,不过他还是心怀感激。

他无法想象母亲去世。她是他生命中最大的靠山。她是他脚下的磐石。没有她,他就什么都不是。

母亲小心保护乳房不被攻击。他最早的记忆就是她白皙的乳房,这记忆甚至早于那条狗,早于那糖纸。他怀疑他小时候一定伤害过这乳房,用拳头捶打过,不然她现在不会这么去护,坚决不让他碰到,而别的方面她都对他不设防。

她一生最怕的是得癌。至于他,她要他留心身体侧面的疼痛,要把每一次刺痛视为阑尾炎的征兆。在他阑尾爆裂之前,救护车能否把他送到医院? 他打了麻醉后能醒过来吗？他不愿意去想象陌生医生给自己动手术的情形。不过,若是动了手术,有伤疤向别人炫耀,倒也不是坏事。课间休息时,有人会分些花生米和葡萄干,他会吹掉花生米的红皮,据说这种红皮会在阑尾堆积且发烂。

他痴迷于收藏。他集邮。收集小铅兵人。他还收集澳大利亚板球队员的卡片、英国足球队员的卡片、世界各地汽车的卡片。为了收集这些卡,他必须购买牛轧糖和糖霜制成的香烟状糖果,糖果的一头抹成了粉色。他买了之后忘了吃,装在口袋里化掉,黏糊糊一片。

他会接连几个小时装他的"麦卡诺"组装玩具,向母亲证明自己动手能力不差。他用组合滑轮,组装了个风车,摇动起来,风车叶转得飞快,微风都能吹过整个房间。

他在院子里跑来跑去,在空中扔板球,然后继续跑着接住。球的真正轨迹是什么：是他看到的那样直上直下,还是像原地不动的路人看到的那样,上升下降有个抛物线？他和母亲说到这事时,他看到了她的眼神很无助：她知道这种事对他很重要,她也想知道为什么,但就是弄不明白。对他来说,她希望母亲自身对事物产生兴趣,而不仅仅是因为他感兴趣。

如果家里有些活计他做不了,她自己也做不了——例如修泄漏的水龙头——她会上街找个黑白混血人,任何人,任何路人都可以。为什么？他恼怒地质问,她怎么就知道混血人能干好这些？因为他们习惯了用双手劳动,她回答说。

这个想法很傻,凭什么认为,因为一个人没有上过学,就一定知道怎么修水龙头或者炉灶？不过她这种见识和所有人都不一样,颇为古怪,因此若不考虑他自己的意见,这种想法也算可爱。他宁可母亲对混血们期望值抬高,指望他们拿出奇迹来,而不愿意她对这些人毫无指望。

他设法去理解母亲。她说,犹太人盘剥成性。但她又偏爱犹太医生,因为他们知道自己在做什么。她说,混血人种是世间的盐,可是她又常和姨妈私下议论,某某某祖上有混血人,却瞒着,偏要装白人。她那形形色色的自相矛盾他无从理解。不过至少她有信念。舅舅也是。诺曼舅舅相信诺查丹玛斯僧侣,对他世界末日的预言执迷不悟。他还相信飞碟夜间着陆,把人带走。他无法想象父亲及其家人会谈论世界末日:他们的唯一生活目标是不惹是非,不冒犯他人,对人和善。与他母亲家的人相比,父亲家的人平淡而无趣。

他离母亲太近,母亲离他也太近了。正因这个缘故,虽然他也去父亲农场,一起去打猎,或是做些其他男子气的事,但父亲那边的人从来都不贴心。战争期间,全家就靠父亲作为准下士的一半收入过日子,穷得连黄油和茶都买不起。那些日子里,祖母为人刻薄,也不肯收容他们母子三人。不过,祖母的直觉是对的。作为一家之主的祖母对白杨大道12号的秘密很清楚:这个家里长子最大,次子次之,父亲在家里地位垫底。也许母亲根本无所谓,无意向父亲那方隐瞒家中颠倒的伦常,也许是父亲在私下抱怨。总之,这种颠倒祖母一家人很不喜欢,这种不喜欢溢于言表。

有时,母亲和父亲吵起架来,想占上风,就狠狠抱怨父亲家的人对她如何冷淡。不过她通常还是看儿子一面,知道父亲家的农场对儿子实在重要,而她拿不出什么来取而代之,就开始讨好他们。不过他觉得这讨好也是品味不佳,不比她谈论金钱的无趣玩笑好多少。她不十分顾及脸面。或者说,她为了儿子什么面子都能拉下来。

她希望母亲正常。如果她正常,他可能也正常。

她两个姐妹也一样。她们各生了一个孩子,都是儿子,她们都是百般关注,溺爱到让人窒息。他在约翰内斯堡的表弟胡安是他在世界上最亲密的朋友:他们经常通信,期待着一起去海边度假。不过,他不喜欢看到胡安服从母亲的一切指示,即使她不在身边监督也不松懈。他觉得这很丢脸。表兄弟四个人当中,也就他没有被母亲捏在手心。他挣脱了出来,或者说半挣脱了出来:他有自己的朋友,全都是自己挑选的。他还可以骑自行车出去,不必告知去哪里,也不用说什么时候回来。弟弟和表兄弟没有自己的朋友。在他眼里,他们的生活苍白,谨小慎微,活在凶悍的母亲眼皮底下。父亲称妈妈家三姐妹是三女巫。他还引用《麦克白》中的台词说:"成双结对,辛苦劳烦。"他则带着开心和恶意,给父亲帮腔。

母亲对团聚公园的生活感觉尤其苦闷时,就感叹没有嫁给鲍勃·布里奇。这些怨言他没当真,可仍觉得她这些话令人难以置信。如果她当初嫁给了鲍勃·布里奇,他自己会在哪里?他会是谁?他会成为鲍勃·布里奇的儿子吗?鲍勃·布里奇的孩子会是他吗?

鲍勃·布里奇的真实存在只有一件证据。他偶然间在母亲的一本影集里发现了一张模糊的照片:两个年轻人穿着白色长裤黑色西装,手搭在彼此肩膀上,眯着眼睛,向着阳光。其中一个他认识,是胡安的父亲。另外那个男的是谁?他问母亲。鲍勃·布里奇,她回答说。他现在在哪里?她说,他已经死了。

他凝视着已故的鲍勃·布里奇的脸。上面找不到自己的任何印迹。

他没有继续追问她。不过,从姨妈们的话语里,他也拼凑出了当年的情况:鲍勃·布里奇是来南非养病的,一两年后回到英国,在那里去世。他是得了肺结核死的,不过姨妈们暗示,心碎也加剧了病情。那位他在普利登堡湾①遇到的黑头发、黑眼睛、神情机警的年轻教师不愿意嫁给他,让他心碎。

他喜欢翻母亲的影集。不管图片如何模糊,他都能从众人中一眼就看出母亲。母亲那害羞而警惕的表情里,他仿佛看到了一个女性版的自己。他通过这些照片,能追踪到她二三十年代的生活。先是些球队的合照:曲棍球、网球。然后是她去欧洲游玩的照片:苏格兰、挪威、瑞士、德国、爱丁堡、北欧峡湾、阿尔卑斯山、莱茵河上的宾根。她的纪念品中有支来自宾根的铅笔,其侧面有一个小窥视孔,能从里面看到一张风景照:一座城堡,矗立在悬崖峭壁之上。

有时他会和妈妈一起翻看这些影集。她会叹气,说她多么希望回到苏格兰,再次看到那石楠花和风铃草。他想:

---

① 普利登堡湾(Plettenberg Bay),南非西开普省城镇。

在我出生之前,妈妈有自己的生活,这生活仍然在她的生命里。从某种程度上说,他也为她感到高兴,因为现在她没有自己的生活了。

母亲的世界,和父亲影集里的世界截然不同。父亲的影集里,总是一群南非人,穿着米黄色制服,在埃及的金字塔或是意大利城市废墟前留影。不过看父亲的影集,他在照片上花的时间不多,他更痴迷的是影集中夹杂的那些有趣的传单。传单是从德军飞机上撒到盟军阵地的。一张传单教士兵通过吞吃肥皂的办法发烧。另外一张传单上是个美女,坐在一个鹰钩鼻子的胖犹太人大腿上,喝着一杯香槟。"夫人今宵何处,你可知晓?"副标题上问。父亲还在那不勒斯一处房子废墟中发现了一只瓷做的蓝色雄鹰,他给收在工具包里,这个帝国的雄鹰,现在就在客厅的壁炉架上。

父亲的军旅经历让他深感骄傲。他很惊讶也很满足地发现,很少有朋友的父亲去打过仗。他不明白父亲的军衔为何止步于准下士。若是和朋友说起父亲过去的叱咤风云,他总是悄悄漏掉这个"准"字。但他很珍惜父亲在开罗一家照相馆拍的照片。照片上,父亲英俊地对着步枪管,一只眼睛闭着,他的头发梳得整整齐齐,他的贝雷帽按照军容规定,扣在肩章下。要是家里由他说了算的话,那帽子也该放在壁炉架上。

对于德国人,父母的意见很不统一。父亲喜欢意大利人,说他们心思不在打仗上,就想投降,然后回家。父亲痛恨德国人。他说有一回一个德国兵蹲着上厕所时被打死。

有时,他说是他射杀了德国兵,有时他说是战友开的枪。不管是什么情况,他说起来都不带同情,只是觉得好笑:他说那德国兵一边想举手投降,一边又要系裤子,一脸困惑。

母亲知道,公开赞美德国人不大明智。不过有时候见他父子一唱一和,她就顾不得那么多了。她说,德国人是世界上最优秀的。"是那个可怕的希特勒,害他们受苦受难的。"

诺曼舅舅不同意。"希特勒让德国人感觉自豪。"他说。

三十年代,母亲和诺曼一起在欧洲各地游玩,不仅横穿了挪威和苏格兰高地,也去过德国,希特勒的德国。他们父母的家族布雷彻家和迪比耶尔家,都来自德国,或者起码来自现属于波兰的波美拉尼亚。来自波美拉尼亚好不好?他不确定。

"德国人不想与南非人作战,"诺曼说,"他们喜欢南非人。如果不是因为史沫资,我们就不会参与对德作战。史沫资是奸人,是骗子。他把我们出卖给英国了。"

父亲和诺曼彼此看不顺眼。深夜父亲和母亲在厨房争吵时,父亲为了将她一军,就取笑说她这兄弟不去参军,跑去和牛车党①游行。"你撒谎!"她气愤地说,"诺曼没加入牛车党。你自己去问,他会告诉你的。"

他问母亲,什么是牛车党,她说是打着火把上街游行的人,不过都是些废话。

---

① 南非亲德反英组织,二战中反对南非参战。

诺曼右手的手指被尼古丁熏成了黄色。他在比勒陀利亚①一个包膳食旅馆包了个房间，一住多年。他写了个防身术的小册子，靠卖它赚钱。他在《比勒陀利亚新闻》的分类广告版做了广告。"学习日本的自卫术，"广告中说，"六门课，简单易学。"人们通过邮局给他汇款十先令，他就把小册子邮寄过去，所谓小册子不过是一张纸折叠成四页，上面是各种动作的图示。卖这种自卫术小册子赚钱不够用，他就给一家地产代理卖地皮赚佣金。他每天都在床上躺到中午，喝茶、吸烟、看《阿格西》和《小人国》②上的故事。下午他去打网球。十二年前的1938年，他是西部省的单打冠军。他仍有雄心打进温布尔登，就是找不到搭档和他双打。

诺曼每次来做客回比勒陀利亚之前，总是把他拉到一边，将一张棕色的十先令钞票塞进他的衬衫口袋里。"去买冰激凌。"他低声说。每年他都是同样的话。他喜欢诺曼，不仅是因为十先令是很大一笔钱，而且是因为他能记住，从来不忘记给。

父亲更喜欢另一个舅舅兰斯，他在威廉王镇③当老师，他是入了伍的。还有个大舅，就是丢了农场那个，除了母亲没有人会提他。"可怜的罗兰。"母亲摇着头低声说。罗兰娶了一个女人自称罗莎·拉科卡，流亡的波兰伯爵的女儿；

---

① 比勒陀利亚(Pretoria)，又名茨瓦内，南非行政首都，位于豪登省北部。
② 均为通俗故事杂志。
③ 威廉王镇(Kingwilliamstown)，南非东开普省城镇，位于水牛河(Buffalo River)沿岸。

但诺曼说,她的真名叫索菲·普利托里斯。因为农场的事,诺曼和兰斯都讨厌罗兰,也瞧不起他被索菲捏在掌中。罗兰和索菲在开普敦开了个包膳食旅馆。他和母亲一起去过。索菲原来长得身材臃肿,一头金发,下午四点钟还穿着缎子袍,用滤嘴抽着香烟。罗兰则是个安安静静、表情凝重的男子,得过癌症,还有治疗留下的肿得像球的鼻子。

他喜欢听父母和诺曼的政治辩论。他喜欢这种辩论的炽烈和激情,也喜欢他们的口无遮拦。他很惊讶的是,他最不希望父亲赢,可是在观点上他最认同父亲:英国人很好,德国人糟糕,史沫资好,国民党糟。

父亲喜欢统一党,喜欢板球和橄榄球,可是他不喜欢父亲。他不理解这自相矛盾,但没有兴趣去理解。甚至在他认识他的父亲之前,也就是说,在他的父亲从战场回来之前,他就已经定下来不喜欢他了。从某种意义上说,这种厌恶是抽象的:他不需要一个父亲,至少不希望和一个父亲生活在同一屋檐下。

他最讨厌的是父亲的个人习惯。讨厌到想起来都恶心得发抖:早晨在厕所大声擤鼻子,用过的卫宝肥皂留下湿热的气息,在洗脸池里还留下一圈刮下的胡须和脏屑。他最为讨厌的还是父亲的体味。可是,他又情不自禁地喜欢父亲潇洒的衣服,他周六早上不打领带,而是系着栗色领巾。父亲身材修长,走路轻快,头发打着发蜡。他也给自己打发蜡,头发往后卷曲。

他不喜欢去找理发师理发,宁可自己剪成高一处低一处。伍斯特的理发师似乎一起说好了,让男生一律留短发。

若去理发,一开始理发师就用电推子一通猛推,把后面和两侧头发修齐,然后无情地再用剪刀猛剪,只剩下刷子般的短楂,或许前面还留段卷发,以示力挽狂澜。发还没理完,他就恨不得找地洞钻了。他会付一个先令,匆匆回家,一路担心明天上学怎么办,担心理发后的男生通常会遭受的戏弄。世上有体体面面的理发,也有伍斯特这种折磨人的理发,这里的师傅理起发来就像是报复。他不知道好好理个发该去哪里,该怎么说话,该付多少钱。

六

他每个星期六下午都去电影院,不过和开普敦时不一样,电影对他已经不再那么诱人了。当年看那些系列片,主人公被电梯压死,从悬崖上跌落,他晚上都会做噩梦。他不明白为什么大家把埃罗尔·弗林当成伟大演员。在他看来,他无论是扮演罗宾汉还是阿里巴巴,都是一个味道。他厌倦了千篇一律的马上追逐戏。《三个臭皮匠》开始显得很傻了。扮演《人猿泰山》的演员总是在换,换到泰山这个角色也不可信了。唯一让他另眼相待的,是英格丽·褒曼主演的一部影片。片中她进入有天花感染者的火车车厢,最后死去。英格丽·褒曼是母亲最喜欢的演员。真实生活会不会就是这样:母亲由于没看到窗户上的一个标志,莫名其妙就这么死掉?

还有收音机。《儿童角》节目他不喜欢听了,但他继续收听连续剧:每天 5 点他会准时听《超人》(升起!升起!到远方!)。5:30 的节目是《魔术师曼德雷》。他最喜欢的故事是保罗·加利科的《雪雁》,由于常被点播,南非广播 A 台①循环播

---

① 南非的电台之一,A 台用英文广播,与之相应的是 B 台,用南非语广播。

放。故事主人公是一只大雁,它引导船只从敦刻尔克的海滩回到多佛。故事常让他热泪盈眶。他希望自己有朝一日像雪雁一样忠诚可靠。

收音机里还播《金银岛》连续剧,每周一集,每集半小时。他自己有一本《金银岛》,不过他看的时候还小,搞不清老瞎子和黑狗的营生究竟怎么回事,也无法弄清楚高个子约翰·希尔弗是好还是坏。现在,电台每播一集之后,他都会做关于希尔弗船长的噩梦:他杀人的拐杖,他对吉姆·霍金斯那既狡诈又多情的关怀。他希望乡绅特莱尼能杀死希尔弗船长,而不是让他离开:他相信,有一天他会带着他那些残忍的叛变者回来报复,就像他梦里那样。

《海角乐园》的故事就舒服多了。他自己就有一本书,很漂亮,内附彩色插图。他特别喜欢树下那只船的图片——全家人用沉船上打捞的工具造了这只船,放在树下的支架上。他们指望这船能像诺亚方舟那样,让他们带着所有动物一起回家。离开《金银岛》进入《海角乐园》的世界是很愉快的感觉,如若滑到暖暖的洗澡水里。《海角乐园》里没有坏兄弟,也没有杀人的海盗。在他们的家庭中,大家都在聪明而健壮的父亲的领导下,愉快地合作。图片上这位父亲被画成桶状胸,留着长长的栗子胡须。他从一开始,就知道需要做些什么来拯救家人。唯一令他困惑的是,他们在岛上本来很自在,很快乐,干吗要离开?

他还拥有第三本书,《南极的斯科特》。斯科特上尉是他深信不疑的英雄人物。也正是因为这个原因,他收到了这本书当礼物。书里有照片,其中一张照片上,斯科特坐在帐篷里写作,后来他也是在这帐篷里冻死。他常看这些照片,但书很无聊,故事没个故事样儿,他读不进去。他只喜欢泰特斯·奥茨的片段。得了冻伤的奥茨为了不拖同伴后腿,黑夜里走进冰天雪地,最后悄无声息、无怨无悔地死去。他希望他有朝一日能像泰特斯·奥茨那样。

博斯韦尔的马戏团每年到伍斯特来一次。班上的每个人都去;马戏团来之前的一个星期,大家就马戏团不离口。连混血的孩子也去,当然说观看有些勉强:他们在帐篷外逗留几个小时,听乐队的演奏,透过帆布的缝隙往里偷看。

他们计划星期六下午去,那时候父亲会在打板球。母亲把这次看戏,当成了母子三人的一次出游。可是到了售票亭,才发现周六下午的票价高到令人咋舌:儿童票是两镑六便士,成人票是五镑。她带的钱不够,于是只给兄弟俩买了票。"你们进去,我在这儿等。"她说。他不愿意,但她坚持要他们去。

在里面,他心情糟糕,看得一点都不开心;他怀疑弟弟也一样。散场后兄弟俩出来,她仍在原地。此后连续几天,这个景象都在他脑海里挥之不去:母亲在十二月的骄阳下耐心等待,而他却像个国王一样,坐在马戏团帐篷里享受着。她对兄弟俩爱得盲目、爱得铺张、爱得自虐,对他尤甚,这让他不安。他但愿她没那么爱他。她对他的爱是绝对的,因此他也得绝对地爱她:这就是她强加给他的逻辑。他永远不可能补偿她所付出的爱。想到一辈子要还这母爱的债,他既郁闷又恼火,为此他都不让她亲吻,也不要被她触摸。每当她伤心地转身离去,他就故意硬起心肠,拒绝屈服。

有时她感到痛苦,就自言自语地长篇大论,感叹如今住在这种住宅区,要什么没什么,和婚前生活判若天壤。在她的口中,婚前的时候,她总是在开派对,参加野炊,周末参观农场,还打网球,打高尔夫,或是出门遛狗。她低声低语,只有那些嗞音的音节突兀一些。他和弟弟在各自房间竖着耳朵听。她大概也知道兄弟俩在偷听。父亲称她为女巫,也有这一层原因:她自言自语,施行法术。

不过维多利亚西部生活田园诗般的照片,证实了母亲的说法。那些影集上,母亲和其他身穿白色长连衣裙的女人一起,手里拿着网球拍,站在貌似草原的某个地方。母亲用胳膊搂着狗的脖子,那狗是阿尔萨斯狗。"那是你的狗吗?"他问。

"那是金。它是我最好也最听话的一条狗。"

"它后来呢?"

"它吃了农民为诱杀豺狗放的毒肉。躺我怀里去世了。"

她眼里含着泪水。

父亲在影集上出现之后,就再没有狗在照片上了。他开始看到小夫妻二人和朋友在一起野炊,或是父亲留着精神的小胡子,在一辆老式黑色汽车的车盖前,扬扬得意地摆姿势留影。然后他自己的照片开始了,有几十张。最早的一张中,他脸色苍白,矮矮胖胖,被一个肤色黝黑、神情严肃的女人抱着,神情茫然地对着镜头。

在所有这些照片中,即使是带着婴儿的照片里,母亲总显出少女的朝气蓬勃。她的年龄很神秘,他一直好奇。她不会告诉他,父亲假装不知道,甚至她的兄弟姐妹似乎也发过誓,替她保密。她不在家时,他会在她梳妆台底部抽屉的纸堆中找她的出生证,可惜并无收获。从她无心说过的一句话中,他知道她比1912年出生的父亲大,究竟大多少呢?他擅自断定她出生于1910年。这意味着他出生时母亲已经三十岁了,现在她应该是四十岁。"你四十岁了!"有一天,他得意扬扬地告诉她,他留心观察她的反应,想确认自己对不对。她只是神秘地一笑。"我二十八。"她说。

他们生日是同一天。他是母亲生日那天出生的。这意味着——她跟大家总这么说——他是上帝的礼物。

他不叫她母亲或妈妈,而叫迪妮。父亲和弟弟也这么叫。这个名字什么来头?似乎没有人知道。不过她的兄弟姐妹称她为维拉,说明迪妮这名字不会来自孩提时代。他必须要小心,不能在陌生人面前称她为迪妮。同样,他也不能在陌生人面前对诺曼舅舅和艾伦姨妈直呼其名,而是称他们为诺曼舅舅和艾伦姨妈。不过叫舅舅和姨妈,无非是一个听话、正常的好孩子的本分,这跟南非语[①]的那种拐弯抹角比起来,就小巫见大巫了。说南非语的人,遇到年长者,连"你"字都不敢说。他嘲笑他父亲的讲话:"Mammie moet'n kombers oor Mammie se knieë trek anders word Mammie koud."妈妈得把毯子放膝盖上,不然妈妈会感冒。他

[①] 南非语(Afrikaans),又称南非荷兰语或阿非利堪斯语,本质上是一种在南非使用的荷兰语方言。

庆幸自己不需要像个被鞭打的奴隶那样,用南非语的那种方式说话。

母亲决定养只狗。阿尔萨斯狗是最好的——最聪明,最忠诚——可惜没地方卖阿尔萨斯狗,于是他们退而求其次,养了另外一只:这狗一半是杜宾犬血统,另一半是什么血统尚不清楚。他坚持要给狗取名。他希望它是俄罗斯犬,想称之为博尔佐,但狗并非博尔佐猎犬,于是他称之为哥萨克。这名字没人懂。有的人称之为 kos-sak,南非语的"食品袋",大家觉得这很有趣。

哥萨克到家后,无组织无纪律,在社区到处乱逛,践踏人家的花园,见鸡就追。有一天,狗居然跟着他一路去上学,他怎么拦也拦不住:他冲狗大吼,向它扔石头,狗就把耳朵耷拉下来,尾巴夹在两腿之间,稍微跑开一点。等他骑上自行车,狗又一蹦一跳跟上来。最后,他不得不一只手推着自行车,一只手抓住狗项圈,把狗给拽回家。回到家他很恼火,不想回去上学,因为这时候回去该迟到了。

哥萨克还没有完全长大时,有人在地上撒玻璃碴害它,它吃了下去。他的母亲试图给它灌肠,把玻璃碴洗掉,但没有成功。到了第三天,狗躺着一动不动,气喘吁吁,她伸手过来它也不舔了,她于是打发他去药房买一种别人推荐的新药。他飞也似跑过去,又飞也似跑回来,但还是晚了。母亲的脸拉得老长,神情木然,他把瓶子递过来她都不接。

他帮忙用毯子把哥萨克裹起来,埋进花园下面的黏土里。在坟墓上,他竖立了一个十字架,上面涂着"哥萨克"

的名字。狗要都是这种结局,他就再也不想养了。

他的父亲在伍斯特队打板球。这应该会给他的冠冕上再添一根羽毛,给他的自豪新增一个源泉。父亲是名律师,地位直追医生;他当过兵打过仗;过去他还在开普敦联赛打过橄榄球;而今又打起了板球。难堪的是,每段经历都留有遗憾:当过律师而今却不再执业;当过兵,却止步于准下士军衔;打过橄榄球,却也只是给花园乙队打,整个花园队都是笑话,总在联盟挑战赛中敬陪末座;而今打这板球吧,也不过是给伍斯特乙队打,看都没有人看。

父亲是投球手,而不是击球手。他后投球有问题,这让击球效果大打折扣;另外,他投快球的时候总是眼光避开。他的击球理念无非是把球板向前推,要是球给击中了,他就慢吞吞跑出个一分打。

父亲之所以无法击球,当然应归因于他在卡鲁沙漠长大,那里没有正经八百的板球运动,也没有办法去学。投球是另一回事。投球好不好是天生的,学不来。

父亲投的是慢旋转球。有时候被人打中得六分;有时候,看到球像在飘浮一样慢慢过来,击球手蒙了,挥臂猛打,结果反把球丢了。父亲的套路就是这样子的:靠的是耐心和心计。

伍斯特队的教练是约翰尼·沃德尔,此公在北半球夏天的时候,给英格兰队打板球。对于伍斯特来说,约翰尼·沃德尔选择来这里可是件大事。据传他是被沃尔夫·海勒给挖过来的,沃尔夫·海勒花重金挖的。

他和父亲一起站在练习网后面,看着约翰尼·沃德尔向甲队的击球手投球。沃德尔其貌不扬,个子矮小,沙色头发稀稀疏疏,看样子是一个缓慢的投球手,但当他小跑起来,把球扔出时,他惊讶地发现球速飞快。区域线处的击球手倒是能轻松接到,轻轻一击就进了网。然后是别人投球,再接着又回到沃德尔。击球手再次轻巧地将球击出。击球手没有获胜,但投球手也没有。

下午结束时,他带着失望回到家。他本来以为英格兰投球手和伍斯特击球手之间有巨大鸿沟呢。他原指望见证神秘技艺,看到球在空中、在中场之外,出现各种花样,比如飘浮啊,下沉啊,旋转啊。他看的板球书就说慢速投球会有这些效果。不曾想到,这个嘴里说个没完的小个子也不过如此,唯一的特长似乎是投得一手好旋球,球速很快,他自己最快的时候也只能这样。

他对板球的期待,超过了约翰尼·沃德尔的水平。板球必须像贺雷修斯和伊特拉斯坎人①,或赫克托和阿喀琉斯②。如果赫克托和阿喀琉斯只是两个普通男人持剑交锋,故事也就没什么意思。但他们不只是两个普通人。他们是英雄豪杰,他们的名字响彻于故事传说中。他很高兴的是,在赛季结束时,英格兰队让沃德尔走人了。

当然,沃德尔投球用的是皮革球。皮革球他不熟悉。他和朋友们用的是所谓的软木球,由一些坚硬的灰色材料

---

① 贺雷修斯是古罗马共和国军官,以曾经抵抗伊特拉斯坎的克卢西乌姆国国王闻名。
② 赫克托是希腊神话中特洛伊王的儿子,后为阿喀琉斯所杀。

压实,这样就不会像皮革球那样,接缝处被磨烂。站在网后面看沃德尔时,他第一次听到皮球飞向击球手,其音怪异,如哨如啸。

他终于第一次有机会在正规板球场上打球了。比赛是周三下午举行,参赛的两个队都来自初中。正规的板球意味着正规的球门,正规的球场,大家也不必为了谁击球抢来抢去了。

轮到他击球了。他左腿上戴着垫子,拿着父亲那个对自己来说显得沉重的球板,走到了中间。球场之大让他惊诧。这是个伟大而孤独的地方:观众离得太远,和不存在没什么两样。

他站到那一小块碌压过、上面铺着绿椰壳垫的球道上,等着球飞过来。这就是板球。球赛又称游戏,但对他来说,球赛之真切,胜过了家,甚至胜过了学校。这个游戏中没有假装,没有怜悯,没有第二次机会。那些男孩,他不知道他们的名字,全是他的对手。他们只有一个想法:尽快缩短他的快乐。他出局时,他们不会有丝毫的懊悔。在这个巨大的竞技场上,他正在接受审判,一对十一,没有人可以保护他。

守方队员各就各位。他必须集中注意力,但有某种东西一直在脑海里,困扰着他,那就是芝诺悖论:在箭头达到目标之前,它必须到达一半距离;到达一半距离之前,它必须达到四分之一;在它达到四分之一之前……他拼命想把这念头打发,可是越想打发,就越感到焦躁。

投球手跑了起来。他听到了最后两步的砰砰声。接下来的一瞬,四周一片寂静,只有那球旋转着,下降着,带着怪音,呼啸而来。当他选择打板球时,他选择的就是这样的情况吗:一次又一次地接受考验,直到失败。考验者就是这样一只球,向他飞来,客观,冷漠,无情,寻找他防守的缝隙,速度比他期望的还快,快到让他无暇祛除杂念,收敛思绪,确定合适的应对办法。在这样的心神不宁里,球来了。

他得了两分,他的击球状态以迷糊而始,以沮丧而终。比赛结束,他更无法了解为什么约翰尼·沃德尔能打得那么若无其事,一边打球一边说笑。所有传说中的英格兰球员都是这样的吗:莱恩·哈顿、埃里克·贝德瑟尔、丹尼斯·康普顿、赛瑞尔·沃什布鲁克?他无法相信。对他而言,真正的板球只能在沉默中打,沉默,忧虑,心在怦怦跳,嘴里面发干。

板球不是一场游戏。板球是生活的真相。倘若像书中所说的那样,是测试人的品性,那他找不到什么办法可以通过这样的测试,可是也逃不过去。在其他地方能够掩饰的东西,到了球门处则被无情揭穿,无可遁形。"让我们看看你有什么料。"球吹着口哨,从空中向它翻滚而来。他盲目而混乱地将球棒挥出,有时太早,有时太迟。球飞过球棒,飞过垫子,找到自己的路。他丢球了,他没有通过测试,他被揭穿了。此刻他无可奈何,唯有忍住泪,遮住脸,在其他男孩怜悯而客套的掌声中,步履沉重地走回去。

七

　　他的自行车上有两支交叉步枪组成的英国轻武器公司的徽标，另外还有"史密斯-BSA"①的标签。这是八岁生日那年他给自己买的二手车，花了五镑。这是他生命中最坚实的东西了。其他男孩吹嘘他们有"兰令"时，他回答说他有"史密斯"。"史密斯？没听说过什么史密斯。"他们说。

　　骑上自行车，身体前倾，从拐弯处疾驰而过，那样的欣喜无与伦比。他每天早上骑史密斯去上学，从团聚公园到铁路道口半英里，然后在铁路沿线的安静道路上再骑一英里。夏日清晨最为美好。路边的犁沟里流水潺潺，鸽子在蓝桉树里咕咕叫，偶有暖气流吹来，掀起细细的红尘，预示晚些时候会刮风。

　　入冬后，天没亮他就要去上学。车灯在他前面打出一个光圈，他穿行在晨雾里，透过那天鹅绒般的温柔，把那气息吸进去，呼出来，四周一片寂静，唯有轮胎轻轻的沙沙声。有些早晨，车把手的金属极为寒冷，他双手握上去会粘到上面。

---

① BSA 为英国轻武器（British Small Arms）的首字母缩写。

他尽量早些赶到学校。他喜欢教室里只有自己一个人,在空座位之间闲逛,还偷偷登上老师的讲台。但他从来不是第一个来上学的:德·多恩斯两兄弟的父亲在铁路上工作,他们会乘六点钟的火车赶过来。他们很穷,穷到没有球衣,也没有西服和鞋子。其他男孩也有不少这样一贫如洗的,尤其是在南非语班上。即使是在天寒地冻的冬日清晨,他们也穿着薄薄的棉衬衫和哔叽短裤来上学,衣服早就小了,连他们瘦弱的大腿穿进去都绑得紧紧的,几乎无法动弹。晒得黑黑的腿上有一些粉笔灰样的冻疮。他们对着手呵气,跺着脚,鼻子上总挂着鼻涕。

有回学校里皮癣传播,德·多恩斯兄弟俩就都剃了光头。在他们裸露的头皮上,他可以清楚地看到漩涡状皮癣。母亲警告他不要和他们接触。

他喜欢紧身短裤,不喜欢宽大的那种。母亲给他买的衣服,他都觉得太大。他喜欢盯着紧身短裤包着的光溜溜的、晒得黑黑的腿看。他对金发男孩晒成蜂蜜色的腿情有独钟。他惊讶地发现,最帅的男孩都在南非语班;最丑的、腿毛浓密、喉结粗大、一脸脓疱的,也在这些班上。他还发现,阿非利堪男孩和混血男孩几乎差不多,一个个天真无邪,狂放不羁,可是到了一定年龄,就突然变坏,那内在的美也随之逝去。

美丽和欲望:这些腿,激起他心中某种茫然、完美却又无言的情愫,这让他感到不安。这样的腿,除了用目光去吞噬,还能怎样?这样的欲望,是为了什么?

《儿童百科全书》中的裸体雕塑对他也有同样影响。

阿波罗追求达芙妮；珀耳塞福涅爱慕狄斯。这是一个形体问题，完美的形体。他对完美的人体有见解。当他看到这种完美在白色大理石上体现出来时，他的内心会充满激动，有沟壑在心中张开，他在边缘，濒临跌落。

在他与众不同的各种秘密里，这个到头来兴许是最糟糕的一个。所有这些男孩中，也就是他体内有幽暗的情色潮流涌动；周围人都那么天真，都那么正常，就他有这种欲望。

不过，阿非利堪男孩的语言之脏超乎想象。他们的淫秽词语之多，也让他无从企及。什么 fok①, piel, poes, 说起来都是单音节，一个个掷地有声，让他不由退避三舍。它们是怎么拼写的？如果写不出来，他也就无法在脑海里驯服它们。fok 拼写时前面字母是 v 吗？那好歹还显得可敬一点。还是 f？以 f 开头，这个词就野了，原始了，没有正经来头了。字典什么都没说，根本没收这些字，一个都没有。

然后还有 gat 和 poep-hol 之类的词，被他们满嘴乱喷。这些脏话飙起来，有一种他无从了解的劲道。为什么将身体后部与前部相连？这些词，听起来粗重、深沉、阴暗，为什么会和性有关？性 (sex) 开头的 s 是那么诱人，结尾的 x 又是那么神秘。出于恶心，他忍住不去想那些跟屁股有关的词语了，可还是在琢磨 FLs 是什么意思。这些东西他从来都没见过，但不知怎的，它们却是高中男女的交易之物。

---

① 此章中夹杂的南非语意思分别如下：fok，操；piel，阴茎；poes，阴道；gat，屁股；poep-hol，屁眼。FL 可能是避孕套（French Letter）缩写，有时候也指性玩具。

但他并非无知。他知道婴儿是如何出生的。他们是从妈妈的屁股下生出来的,生下来白白净净的。这是几年前他还小的时候母亲告诉他的。他毫无疑问地相信她:他感到骄傲的是,母亲早早就告诉了他关于婴儿的真相,而其他孩子还被谎言蒙蔽。这说明了她思想开通,她的家族思想开通。比他小一岁的表弟胡安也知道真相。可是谈到婴儿和他们的来历时,父亲就很尴尬,还发牢骚,这再一次证明了父亲家庭的愚昧。

他的朋友们有个不同的说法:婴儿是从另一个洞里出来的。

在抽象意义上,他知道这个洞存在,阴茎从里面出入,尿从里面流下。不过说婴儿也是这里出来的,就太荒诞不经了。毕竟,宝宝是在肚子里长成的。宝宝从屁股里出来才有道理。

于是,和朋友们争起来,他说屁股,朋友们说另外一个洞,poes。他悄然相信自己是对的。此事也说明他和母亲之间相互信任。

八

他和母亲穿过火车站附近的一片公共场地。他和她在一起,但是各走各的,没有拉住她的手。他一如既往,全身灰色:灰色运动衫,灰色短裤,灰色长袜。他头上戴了顶海军蓝的帽子,上有伍斯特男子小学的徽章:一座被星星环绕的山峰,还有一行字:PER ASPERA AD ASTRA①。

他只是个走在母亲身边的男孩:从外面看起来一切正常。但他感觉自己就像甲虫一样,在她周围一丝不苟地在打转,鼻子贴在地上,双腿和双臂一起一伏。事实上,他浑身上下没一处安静。他的思绪尤其如此,似有自己的意志,总在不耐烦地东飘西舞。

这是马戏团每年一次扎营的地方。他们会在这里扎下帐篷,架起笼子。笼子里的狮子在臭气冲天的草堆上打盹。但现在,这块红土地夯得坚硬如石,寸草不生。

这个明亮而炎热的星期六上午,这里也有其他人和过路客。其中有个男孩,与他年龄相仿,从广场那头一路小跑着斜穿过来。他一见,就知道这个男孩对他来说很重要,十

---

① 拉丁文,大意是:努力者可摘星辰。

分重要。这与那个男孩是谁无关（日后他可能再也见不到他），而是因他此时万千思绪迸发而出，如蜂群出巢。

并不是这个男孩多特异。他是个混血，但混血儿童到处都是。他穿的裤子很短，刚好包住他整齐的臀部，让那黏土色大腿几乎完全暴露。他不穿鞋子，脚底应该坚硬异常，即使是踩到魔头刺上，或许也只会步子放缓，弯下腰，轻轻把刺弹掉。

像他这样的男孩成百上千，这样的女孩成千上万。她们的连衣裙展示出她们的纤纤双腿，他想要是自己有这样的腿多好！那他就会和这个男孩那样，几乎脚不着地，飘浮在地球上。

那男孩隔着十几步，从他们边上跑过去。他沉浸在自己的世界里，看都没有看他们一眼。他的身体完美无缺，质朴无华，仿佛昨天刚从壳里出来。这样的孩子，男孩也好，女孩也好，不用被迫去上学，可以自由自在，远离父母的视线，他们的身体可以自己做主——为什么他们不聚到一起，享受性的盛宴？答案是不是他们太天真，都不知道触手可及的欢乐？难道只有阴暗、内疚的灵魂才知道这些秘密？

他的质疑往往是这个套路。一开始思绪会东奔西走，四处徘徊，末了总是汇聚起来，掉转方向，指向他自己。他的思路如火车：一开始总是他启动的，可是到最后，火车总是脱离轨道，失去控制，回来碾轧他。美就是天真。天真就是无知。无知就是不知快感。快感就是罪恶。他有负罪感。这个男孩带着新鲜的、未被触及的身体，天真无邪。而他被阴暗的欲望所把持，他有罪。事实上，通过这漫长的思路，他已经看到了变态（perversion）这个词，它那黑暗、复杂的刺激，从神秘的无特别所指的 p 开始，然后通过无情（ruthless）的 r，迅速翻滚到复仇（vengeful）的 v。这已经不是一个指控了，而是有两个。这两个指控交叉，他正在交叉之处，在靶标正中。今天把这谴责带来的人，轻盈如鹿，蒙昧无知，而他却是那么沉重，那么内疚。那男孩也是混血，这意味着他没有钱，住在不起眼的小屋里，忍饥挨饿。这意味着，如果他的母亲招呼一声："小子！"向他招个手——她很有能力这么做——那男孩就不得不在自己的轨道上停下来，做她吩咐的任何事，例如帮她提购物篮，最后他可以捧着双手，接过来母亲赏来的三便士，还要感谢。如果事后他对母亲表示生气，她会微笑着说："但他们已经习惯了！"

所以这个男孩一直在无意之中，顺应自然、返璞归真地生活着。他穷，穷则生善，穷人总生活在童话故事里。他像鳗鱼一样苗条，像野兔一样快捷，在任何较量脚的速度或手的灵巧的比赛里，他都会在这男孩面前败下阵来。这个男孩是对他生活的无言谴责。可他竟然任由自己摆布，这让他觉得丢脸，让他不安地扭动肩膀，不想再去看他，哪怕他很美。

可是，也不能忽略他。人们可以忽略土著人，但不能忽略混血人种。土著人他觉得还好说，毕竟他们是后来者，是北方的侵略者，无权在这里。在伍斯特看到的土著人大部分都穿着旧军衣，吸着烟斗，生活在铁路沿线波纹铁皮屋顶的篷屋里，他们的力量和耐心都是传奇。他们被带到这里，皆因他们不像混血人那样酗酒，他们还可以在烈日下从事繁重劳动;同样的条件下,肤色更浅、情绪不定的混血会崩溃。这些土著男没有女人,没有孩子,他们来自虚无之地,也可消失在乌有之乡。

但混血人种就不能这么打发。混血人种有白人血统,是由扬·凡·瑞贝克①这样的白人,和霍屯督人②生的:这个事实明明白白,连语言隐晦的历史教科书也无法掩饰。事实比这更苦涩。对于博兰③这里,混血人的祖上并非扬·凡·瑞贝克或其他荷兰人。从记事时开始,他看人面相方面就很准,一眼能看出他们中没有一滴白人的血。他们就是霍屯督人,原汁原味。他们来自这片土地,这片土地来自他们,是他们的,从今日追溯上去,一向如此。

---

① 扬·凡·瑞贝克(Jan van Riebeeck,1619—1677),荷兰探险家,开普敦港的创建者,被阿非利堪人视为南非国父。
② 霍屯督人(the Hottentots),即科伊科伊人,南非游牧民族。
③ 博兰(the Boland),也称开普酒乡,见第1页注①。

九

听父亲说,和开普敦比起来,住伍斯特的一大便利、一大理由,就是购物方便。牛奶每天天没亮就送来了。大家只要拿起电话,一两个小时后,肖赫亚店里的人就把肉菜送上门来。就这么简单。

肖赫亚店的送货男孩是个土著,只会说一点点南非语,英语则一点不会。他穿着干净的白衬衫,打着领结,穿着双色鞋,戴着鲍比·洛克帽[①]。他的名字叫乔西亚斯。他的父母不喜欢这人,说他代表了无耻的新一代土著人。他们把所有的钱都花在花哨的服装上,不考虑未来。

妈妈不在家的时候,就是他们兄弟俩从乔西亚斯手里接货,其他菜类他们放在厨房架子上,肉放进冰箱。如果有炼乳,他们就当成战利品。他们会在罐子上打个孔,然后一人一口,喝个精光。母亲回家时,他们就谎称没收到炼乳,或者说乔西亚斯偷了。

他也不知道这谎话妈妈信不信。不过这种欺骗,他也不特别感到内疚。

[①] 鲍比·洛克(Bobby Locke,1917—1987),南非高尔夫运动员。

他们东侧的邻居姓温斯特拉。他们有三个儿子,最大的那个名叫吉斯伯特,腿有点外八字。两个小的是双胞胎,分别叫艾本和艾泽。两个都还小,没法去上学。他和弟弟都嘲笑吉斯伯特·温斯特拉,首先他这名字就比较搞笑,跑起步来模样也轻飘又可怜。他们认为他是白痴,精神上有缺陷,于是向他宣战。一天下午,他们带着肖赫亚店男孩送来的六个鸡蛋,扔到温斯特拉家的屋顶上,然后躲起来。温斯特拉家的人没有出现。太阳把溅得四处都是的蛋液晒干了,黄黄的一片又一片,其状难看。

蛋比板球小,也轻一些,它们在空中飞着,翻滚着,接着是轻轻一声脆响——这扔的快感过了很久,他都无法忘却。开心归开心,他也感觉内疚。他忘不了这是拿食物在玩耍。他有什么权利用鸡蛋当玩物?如果肖赫亚店的男孩发现,他辛辛苦苦骑车一路送来的鸡蛋,就被他们这么扔,他会怎么说?他觉得肖赫亚店的男孩虽然戴着鲍比·洛克帽,打着领结——实际上他也不是男孩,而是成年男子——也不会因为顾及自身形象就对此无动于衷。他感觉他会强烈反对扔蛋这种做法,而且会毫不迟疑地说出来。"别人家的孩子挨饿,你怎么能这样?"他会用糟糕的南非语说,而他会无言以对。也许在世界上其他地方可以扔鸡蛋(例如,在英格兰,他知道他们会向囚笼里的人扔鸡蛋),但在这个国家,法官会按正义的标准来审判。在这个国家,人们不能拿食物当儿戏。

乔西亚斯是他认识的第四位土著人。第一个他的印象有点模糊了,只记得他整天穿着蓝睡衣,在他们约翰内斯堡的公寓里打扫楼梯。第二个是普利登堡湾的菲拉,她给他们洗衣服。菲拉皮肤很黑,年龄很大,没有牙齿,用漂亮、流畅的英语讲述过去的事。她说她来自圣赫勒拿岛①,过去是奴隶。第三个也是在普利登堡湾。当时刮过一场大风暴,有艘船沉了。刮了几天几夜的风刚刚平息下来,他和母亲以及弟弟去海滩,去看成堆的船上的弃物和海藻。一个花白胡须、穿着牧师服的老者打着雨伞走过来,跟他们说话。"人类建造了强大的铁船,"老人说,"但大海更强大。大海比人类建造的一切都强大。"

后来和母亲单独在一起的时候,母亲说:"你得记住他说的。那老人挺睿智的。"这是他第一次听到母亲用睿智这个词。事实上,他记得这也是第一次听人在教科书之外提到这个词。让他印象深刻的还不只是这种古香古色的词语。尊重土著是可以的——这就是她的话。他听到这话,感到自己的态度被确认,他感到如释重负。

他听过的故事中,给他印象最深刻的是兄弟老三,他是兄弟中最谦卑、最被嘲笑的一个。老妇人背负重物,狮子脚里有刺,年长的兄弟俩会轻蔑地走过去,不予理睬,而他会去帮老妇人扛东西,帮狮子把刺从爪子里拔出来。老三善良、诚实而勇敢,而两个哥哥吹牛、傲慢、冷漠。在故事的最后,老三成了继位王子,而两个哥哥则受到羞辱,被迫走人。

这里有白人、混血人和土著人,其中土著人地位最低,被嘲弄得最多。这种类比是无从忽略的:土著人就是那

---

① 圣赫勒拿岛(St Helena),南大西洋火山岛,隶属于英国。

老三。

在学校里,他们一遍又一遍,年复一年,学习扬·凡·瑞贝克和西蒙·凡·德尔·斯特尔①,查尔斯·索默塞特②和皮耶特·拉提耶夫③勋爵。在皮耶特·拉提耶夫之后,是卡菲尔战争④,卡菲尔人在殖民地边境蜂拥而至,需强行击退。可是卡菲尔战争来来回回打了很多次,很容易记混,所以考试中不会考到,他们也不必去记。在历史考试中,他的答案都还正确,这让他感到满足。

但是他内心深处仍感到困惑的是,为什么扬·凡·瑞贝克和西蒙·凡·德尔·斯特尔那么优秀,而查尔斯·索默塞特勋爵就表现得那么差劲?别人崇敬的大迁徙领袖,他也不是那么喜欢,除了皮耶特·拉提耶夫以外。丁冈⑤设下陷阱,诱使他把枪丢在栅栏外,他进去之后就被谋杀了。安德烈斯·普莱托瑞斯⑥和格瑞特·马瑞兹⑦以及其他人听起来像高中的老师,或者是收音机里的阿非利堪人一样:愤怒,顽固,言语凶狠,喜欢谈论上帝。

---

① 西蒙·凡·德尔·斯特尔(Simon van der Stel, 1639—1712),荷兰在开普敦殖民地的首任总督。
② 查尔斯·索默塞特(Lord Charles Somerset, 1767—1831), 1814至1826年间荷兰在开普敦殖民地的总督。
③ 皮耶特·拉提耶夫(Piet Retief,1780—1838),南非荷兰裔定居者大迁徙的领导者。
④ 卡菲尔人是南非黑人的一支,卡菲尔战争是他们与白人的多次冲突。
⑤ 丁冈(Dingaan,约1795—1840),1828至1840年间祖鲁王国的国王。
⑥ 安德烈斯·普莱托瑞斯(Andries Pretorius, 1798—1853),布尔人的领袖,南非共和国缔造者之一。
⑦ 格瑞特·马瑞兹(Gerrit Maritz, 1797—1838),大迁徙领导者之一。

他们在学校里没有学布尔战争,至少在英语中级没学到。有传言说南非语班上会学布尔战争,标题是 Tweede Vryheidsoorlog——第二次解放战争——但是考试不考。作为敏感话题,布尔战争并没有正式出现在教学大纲上。甚至他的父母也不会谈论布尔战争,也不去说谁对谁错。不过,母亲跟他转述了她从外婆那里听来的布尔战争故事。外婆说,布尔人到她们的农场时,会索要食物和钱财,还需要大家来伺候。英国士兵来的时候,就睡在马厩里,一针一线都不带走,末了还感谢主人。

可是英国人是布尔战争的坏人,他们的将军自高自大,不可一世。他们也很愚蠢,穿着红色制服,会让布尔射手们轻松得手。一说到战争的故事,人们照理该站在布尔人这边,他们为了自由而战,反抗的是大英帝国的强权。不过,他内心中更不喜欢的是布尔人,他们留着长胡子,衣服丑陋,另外还喜欢躲藏在石头后打伏击,而英国人却吹着风笛勇往直前,视死如归。

在伍斯特,英国裔是少数,在团聚公园更是少数。除了他们兄弟俩,正宗英国裔男孩只有两个:罗伯·哈特和一个矮小而结实的小孩,名叫比利·史密斯。比利的父亲在铁路上工作。比利自己有一种怪病,皮肤会脱落。母亲禁止他触摸任何史密斯家的小孩。

他不小心说出罗伯·哈特被乌瑟森小姐抽打时,他的父母似乎马上就知道是怎么回事了。乌瑟森小姐来自乌瑟森家族,是民族主义者;罗伯·哈特的父亲拥有一家五金店,在1948年的选举之前一直是统一党的镇议员。

他的父母提到乌瑟森小姐就摇头。他们觉得她性情不稳定。他们也不喜欢她染的头发。父亲说,如果是史沫资当政,是不会允许老师把政治带进学校的。他的父亲也是统一党。事实上,就在马兰击败史沫资的1948年,父亲失去了在开普敦的工作。他这份工作的头衔是租赁审计总管,母亲对它是感到十分自豪的。正因为马兰,他们不得不离开罗斯班克①那个他十分留恋的房子。老房子的花园里植物茂盛,还有个带穹顶的天文观测室,另外还有两间地下室。因为马兰,他只得离开了罗斯班克小学和他的朋友,来到伍斯特。在开普敦工作时,父亲一早就去上班,身穿精致的双排扣西装,手里带着公文皮包。别的孩子问他父亲做什么时,他可以回答:"他是租赁审计总管。"他们会肃然起敬。在伍斯特,父亲的工作没有名字。"我父亲为'标准罐装'工作。"他麻着头皮说。"但他是做哪种事呢?""他坐办公室,负责记账。"他只得这么敷衍。他也不知道什么叫"记账"。

"标准罐装"公司生产罐装阿尔伯塔桃子,罐装巴特利特梨子,还有杏子罐头。"标准罐装"生产的桃子罐头在全国产量第一,公司也因此出名。

尽管1948年选举失败,并且史沫资将军去世,父亲仍对统一党忠心耿耿,那是带着郁闷的忠诚。统一党拥护的

---

① 罗斯班克(Rosebank),约翰内斯堡北部市郊,兼具商业与居住功能。

领导人施特劳斯①只是史沫资的苍白阴影;在施特劳斯的领导下,统一党没有希望赢得下届大选。此外,国民党正在重新划分选区的边界,以帮助他们在 Platteland② 的支持者,确保获胜。

"他们为什么不想想办法呢?"他问父亲。

"谁?"父亲问,"谁能阻止得了他们? 他们现在在台上,还不是为所欲为。"

如果获胜的政党可以改变选举,他看不到选举的意义何在。这就像击球手决定谁可以投球,谁不可以投球。

父亲在新闻播报时间就打开电台,但实际上只是为了听比赛比分:夏天听板球,冬天听橄榄球。

在国民党接管之前,新闻快报节目一度来自英格兰。首先会听到《天佑国王》,接着是格林尼治时间的六点报时,然后播音员会说:"这里是伦敦,接下来请听新闻。"接下来他会念来自世界各地的新闻。现在一切都结束了。"这是南非广播公司。"播音员说道,然后长驱直入,播报马兰博士在议会中的长篇演讲。

伍斯特最让他讨厌、最让他想逃避的,是阿非利堪男孩的愤怒和怨恨,他能感觉到,这样的情绪在他们体内滋滋作响,穿梭不息。让他既担心又厌恶的是,那些笨重、赤脚的阿非利堪男孩,穿着紧身短裤,特别是年龄较大的那些,只要有一点机会,就会把你带到草原上的某个僻静处,用他有

---

① 施特劳斯指 Jacobus Gideon Nel Strauss(1900—1990),南非统一党1950 至 1956 年间的领袖。
② 南非语:乡下。

所耳闻的某种方式侵犯你,比如"刷"你。照他的领悟,所谓刷,就是把裤子扒下来,用鞋油刷你的蛋蛋。(可是为什么刷蛋呢?为什么用鞋油呢?)他们会让你哭哭啼啼地半裸着身子,穿过街道回家。

阿非利堪男孩中有个口口相传的说法,被实习老师进一步传播开来。它说的是老师入职仪式上发生的事。阿非利堪的男孩对这些事交头接耳,神情之激动不亚于谈论老师的鞭打。不过他偶尔听到的说法都让他恶心:要穿着婴儿尿布走路,或者是喝尿。如果当老师之前要做这些,他可不愿意去当老师。

有传言称政府将把所有阿非利堪姓氏的学生转到南非语班上。他的父母用低沉的声音谈论这件事,足见他们的担心。至于他,转到阿非利堪人班上的事,他一想起来就满心恐慌。他告诉父母,他不会乖乖去转学。真要是转,这书他也不念了。他们试图宽慰他。他们说,不会发生什么事。"只是说说而已。真要转,也是几年之后才能落实的事。"这并没有让他放下心来。

他得知,把冒充英国裔的学生从班级上转走,这事的决定权在督学那里。他惴惴不安地等候着督学的到来,想象督学的手指从花名册上一行行往下过,叫到他的名字,叫他把书收起来。他为这一天的到来,精心设计了个计划。他会把书本收好,不声不响离开教室,但不会去南非语班,而是尽量不引人注意,悄悄走到自行车棚,骑上自行车,飞速踩回家,不让任何人拦住。然后他把家里前门关起来,说不去上学了,要是妈妈把他出卖,他就会自杀。

马兰博士的形象在他的脑海里印象深刻。马兰博士圆脸,秃头,脸上不带任何理解或怜悯。他的喉咙处像青蛙一样上下蠕动。嘴唇总是噘着。

他永远忘记不了马兰博士 1948 年走马上任后的第一把火:严禁所有惊奇队长和超人漫画,只允许动物角色的漫画,那种让人保持婴幼化的漫画才过得了关。

他想到了他们在学校被迫唱的阿非利堪歌曲。他痛恨之至,恨不能在唱的时候大吼大叫、模仿放屁的声音。他尤为痛恨"Kom ons gaan blomme pluk"①的那首,唱的什么小鸟叽叽喳,虫儿欢声笑,小朋友在田野,快乐又逍遥之类。

有个星期六早上,他和两个朋友沿着伍斯特的德·多恩斯路骑自行车。过了半小时,就到了一处没有人烟的所在。他们把自行车留在路边,向山里跑去,然后找到了一处洞穴,生起火,吃了带来的三明治。突然间,一个阿非利堪男孩出现在眼前。他穿着卡其裤,模样魁梧而凶悍。"Wie het julle toestemming gegee?"——谁准许你们来的?

他们哑口无言。这可是个山洞:进山洞还要人批准吗?他们想撒谎开脱,但没有用。"Julle sal hier moet bly totdat my pa kom."男孩宣布:你们在这里等着,我叫我爸来。他还提到了 lat 和 strop:棍子和皮带,说要好好教训他们。

他吓得头晕目眩。这草原地带可是叫天天不应的地方,看来一顿皮肉之苦是免不了了。他们说什么都不会有用。这事也确实是他们的错,尤其是他自己。他们从篱笆

---

① 南非语,意思是"我们来一起采摘鲜花"。

中间爬过去时,就是他跟其他人保证,说这不可能是谁家的农场,只是一块草地而已。他是团伙的头目,从一开始就是他的想法,怪不得别人。

农夫牵着狗赶来了。那狗是只阿尔萨斯狗,黄眼睛,模样狡猾。他又开始提问,不过他用的是英语,几个人都没回答。他们有什么权利到这里来?他们为什么不征得同意?他们再一次用那可怜巴巴的蹩脚借口应答:他们不知道,以为这里是一块草地。他自己在内心发誓,以后再不犯同样的错误了。他再也不会愚蠢地从篱笆中间爬过来,以为会没事。笨蛋!他在脑海里说:真笨!真笨!真笨!

农夫碰巧没带棍子和皮带过来。"今天算你们走运。"他说。他们的脚像钉到地上一样,一动不动,也不懂这是怎么回事。"滚吧。"

他们傻傻地沿着山坡往下爬,而且小心翼翼,不敢跑,免得那狗一阵狂吠,流着口水追过来。他们到了路边停自行车的地方才停下来。他们怎么说,都没有办法推翻这次体验。不是阿非利堪人行径恶劣,是他们自己误入迷途了。

十

一大早,混血儿童就沿着国道小跑着去上学,手里拿着铅笔盒和练习簿,有的甚至背着书包。不过他们还很小,非常小:等他们到他这样十岁十一岁的年龄,他们中不少人就辍学打工去了。

他过生日没办生日派对,而是拿到了十先令,可以去招待自己的好友。他邀请他三个最好的朋友到环球咖啡馆。他们坐在大理石桌子边,要了香蕉冰激凌或者巧克力乳脂软糖圣代。如此分配快乐,让他感到像个王子。本来这是个成功的聚会,美中不足的是有衣衫褴褛的混血儿童站在窗户外面看着他们。

在这些孩子的脸上,他看不出任何仇恨。这些孩子一文不名,他和他的朋友们那么有钱,这些孩子对他们若有仇恨,他能理解,也可以接受。但相反,他们就像在马戏团看戏的孩子,眼里充满饥渴,样子全神贯注。

如果是其他人,会要求环球咖啡馆的老板——一个搽着头油的葡萄牙人——将他们赶走。把行乞的孩子赶走很正常。只要把脸板起来,皱起眉头,挥挥手臂,喊一声:

"Voetsek,hotnot！Loop！Loop！"①然后转向旁观的朋友或路人,解释说:"Hulle soek net iets om te steel. Hull is almal skelms."——他们是想找东西偷走的。全都是小偷。不过,如果他站起来找那葡萄牙人,他该怎么说？"他们破坏了我的生日,这不公平,看到他们我伤心了"？无论结局怎样,无论他们是否被赶走,都为时已晚,他的心已经受伤了。

他一直视荷兰裔的阿非利堪人为愤怒的人,因为他们内心受到了伤害。他认为英国裔生活在高墙之后,内心有所防御,故此不会动辄愤怒。

这只是他关于英国裔和荷兰裔的诸多理论之一。不过特里维廉则让这种理论不堪一击。

特里维廉是他们过去家里的一个租客。那时候他们家还住在罗斯班克的斯贝克路,家门口院子里有棵高大的橡树,他在那里的时候很快乐。特里维廉的房间最好,有扇落地窗,打开后就是游廊。他年轻,大个子,很友善,一句南非语都不会,一直说英语。特里维廉早晨在厨房吃早饭,然后去上班。傍晚他回来和他们一起吃晚饭。他的房间别人也不会进去,但他总是给锁着。其实里面除了一个美国制造的电动剃须刀之外,也没什么好玩的东西。

父亲比特里维廉大一点,却和特里维廉成了朋友。周六他们一起收听广播,还收听 C.K.弗里德兰德在纽兰兹体育场广播的橄榄球比赛。

然后埃迪来了。埃迪是个七岁的混血儿童,来自斯泰

---

① 南非语,意为"滚开,杂种！去！去！"。

伦博斯附近的艾达山谷。他是来打工的：这是埃迪的妈妈和住在斯泰伦博斯的温妮姨妈安排的。埃迪给他们家洗碗、打扫、擦地，回报是包吃包住，而且每个月的第一天，他们还给他妈妈邮寄一张两镑十先令的汇票。

埃迪在罗斯班克生活工作了两个月后溜之大吉。他是晚上跑的，到了早晨大家才发现。家里人叫来了警察，他们在不远处找到了埃迪，此时他正躲在里斯贝克河沿岸的灌木丛中。发现他的不是警察，而是特里维廉。特里维廉也不管他的大哭大闹，硬给他拖了回去，关在后花园的旧天文观测室里。

显然，埃迪得送回艾达山谷。他已经没法假装在这里乐不思归了，一定是找到机会就开溜。学徒制没起到作用。

在给斯泰伦博斯的温妮姨妈打电话之前，还有一个问题没解决：埃迪搞出了这么大的事，迫使大家报警，把星期六一上午给毁了，总得要惩罚一下。特里维廉主动提出由他来罚。

埃迪受罚时，他向观测室里偷看了一眼。特里维廉抓住埃迪的两个手腕，用皮带抽他裸露的双腿。父亲也在，站在一边看着。埃迪又是叫又是跳，鼻涕眼泪到处是。"Assebief, Asbiefief, my baas,"①他大叫着，"Sek nie nie weer nie!"——我再也不敢了！然后他们两个注意到了他在看，挥手打发他走开。

---

① 南非语：求求你了，老板。

第二天,姨妈和姨父从斯泰伦博斯开着黑色的小奇迹①,把埃迪带回到艾达山谷,送回给他妈妈。大家没有互相道别。

因此,是英国裔的特里维廉打了埃迪。特里维廉是红皮肤,略微发福,用皮带抽打埃迪时皮肤更红了,皮带抽下去,嘴里呼哧呼哧的,把自己的怒火给烧了起来,说来与阿非利堪人何异?在他的理论里,英国裔更为善良,可特里维廉做何解释?

他对埃迪有所亏欠,但这事他没跟任何人讲。他用八岁生日的钱买了史密斯自行车后,发现自己不会骑。是埃迪把他推到罗斯班克的公共草地上,大声地指挥,突然间他就掌握了平衡的技术。

第一次骑他绕大圈,猛踩踏板,穿过沙地,然后回到埃迪等候的地方。埃迪激动得蹦蹦跳跳。"Kan ek'n kans kry?"他喊着:能让我来骑骑吗?他把自行车交给埃迪。埃迪不需要人推,骑得比他好多了:一上车就风驰电掣,站在脚踏板上,那身旧海军蓝的衬衫在身后飘扬。

他记得在草地上和埃迪摔跤。尽管埃迪只比他大七个月,而且个头不比他大,可是埃迪劲大,而且不肯服输,最后总是他赢。赢的是埃迪,但是他赢得小心翼翼。埃迪把他压倒,无还手之力,这才露出胜利的一笑,然后又滚开,蹲下,准备下一轮角逐。

---

① 小奇迹(DKW),汽车品牌,由丹麦人乔尔根·斯卡夫特·拉斯姆森建立。

来来回回的摔跤,让他难以忘却埃迪身上的气味,和头部的感觉——他的头骨很高,形同子弹,头发短而粗。

父亲说,他们的头比白人硬。也正是这个原因,他们擅长拳击。父亲说,出于同样的原因,他们永远不会擅长橄榄球。打橄榄球得快速反应,笨手笨脚的人玩不起。

有一回摔跤的时候,他的嘴唇和鼻子压到了埃迪的头发上。他呼吸着那气味,那感觉:烟草的气味,烟草的感觉。

埃迪每个周末洗澡。洗澡时他站在仆人洗手间的洗脚盆里,用一块肥皂洗。他和弟弟会拖个垃圾桶到小窗户边,爬上去偷看。埃迪赤身裸体,但皮带没有松开,还缠在腰间。看到窗子上的两张脸,他露出灿烂的笑容,大喊道:"嗨!"然后在脚盆里跳舞,洒着水,也不把身子遮起来。

后来他告诉母亲:"埃迪洗澡时候裤带不取下来。"

母亲说:"随他去好了。"

他从未去过埃迪所在的艾达山谷。在他的脑海里,那是个寒冷而潮湿的地方。埃迪母亲的房子里没有电灯。屋顶漏水,每个人都在咳嗽。出门时,要在石头上一个个跳过去,以免踩到水洼里。埃迪现在不光彩地回到艾达山谷,还能有什么希望呢?

"你认为埃迪现在在做什么?"他问母亲。

"肯定在管教所里。"

"为什么是在管教所?"

"这样的人最后总要进管教所,再接着进监狱。"

他不能理解,为什么母亲对埃迪有这些苦毒的成见。他也不理解她为什么尽是些苦毒的情绪,也不分青红皂白,什么都可以被她的毒舌修理:混血人种、她自己的兄弟姐妹、书籍、教育、政府。她对埃迪到底什么看法他也无所谓了,只要别一天一个主意就成。她像这样子开喷起来,他都觉得地在脚下震动,他随时会摔倒。

他想象埃迪穿着他的旧外套,蹲在地上,躲着艾达山谷下个没完的雨,与年龄较大的混血男孩一起吸烟。他那年十岁,而艾达山谷的埃迪也十岁。埃迪十一岁后,他有一段时间还是十岁,然后他也十一岁。他会赶上埃迪,同龄一阵子,然后又落下。这样会持续多久?他可以有一天脱离埃迪吗?经过多年抽烟喝酒,和牢狱磨练之后,如果他们在街上彼此相遇,埃迪还会不会认得他,并大叫一声:"Jou Moer!"①

他知道,此时此刻,在艾达山谷漏水的房子里,蜷缩在臭臭的毯子下,仍穿着那外套的埃迪也在想他。在黑暗中,埃迪的眼睛是两道黄色的缝。有件事他很肯定:埃迪不会对他感到同情。

---

① 南非语:你好!

十一

在亲戚圈子之外,他们几乎没有社交关系。若有陌生人到家里来,他们兄弟俩会像野生动物那样撒腿跑开,然后又溜回来偷听。他们在天花板上刺了小洞,人来时可以爬到阁楼间,窥视下面的客厅。母亲为上面窸窸窣窣的声音感到难堪。"只是孩子们在玩。"她紧张地笑着解释。

他逃避那些客套话。"你好吗?""你今天上学好不好?"之类说法,他觉得很是沉闷。他也不知道正确的答案,回答起来支支吾吾,像个傻瓜一样。但是到后来,他习惯了自己的率性,也不去掩饰对客套话的不耐烦了。

"你就不能正常些吗?"他的母亲问。

"我讨厌正常人。"他反唇相讥。

"我讨厌正常人。"弟弟也附和说。弟弟此时七岁,脸上总挂着谨慎而紧张的笑容。他在学校有时候无缘无故呕吐,得领回家。

他们没有朋友,只有家人。唯有母亲的家人对他能全然接纳,包括他的粗鲁,他的野性,他的古怪。首先,他们不接纳就无法来访;另外,他们自己从小也是放荡不羁地长大的。父亲的家人不喜欢他,也不赞成他母亲的教育方式。

和他们在一起,他感到拘束。他一有机会跑开,就开始嘲笑他们一本正经的客套话:"En hoe gaan dit met jou mammie? En met jou broer? Dis goed, dis goed!"(你妈妈好吗?弟弟好吗?不错!不错!)不过他们想躲也躲不了。不参与这种客套的把戏,也就没法参观农场了。说这些话他浑身鸡皮疙瘩,他也为自己贪心去农场而自责,但最终还是委曲求全。"Dit gaan goed,"他说,"Dit gaan goed me ons almal."我们都还不错。我们都很好。

他知道父亲和他家人一起反对他。这是父亲报复母亲的一种方式。要是父亲当家,日子会更乏味,客套也会更多,而且大事小事都要跟别人学,这景象他想起来就不寒而栗。唯有母亲能站出来,替他挡住那不堪承受的生活。为此,尽管母亲的迟钝让他头痛,他对她也须臾不能离开,毕竟她是他唯一的保护者。他是她的儿子,不是父亲的儿子。他否认父亲,憎恨父亲。他不会忘记两年前的那一天,母亲唯一一次放任父亲来带他,那就好比撒开狗的链条。("我受够了,我受不了了!")父亲推他,打他巴掌,发蓝的眼里喷出怒火。

他必须去农场,他无法想象到世界上会有他更喜欢的地方了。他对母亲的爱很复杂,而对农场的爱却是那么简单。然而,从他记事开始,这爱里就包裹着几分苦痛。他会去农场参观,但他永远都不会住在那儿。农场不是他的家。他永远是过客,是不安的过客。即使是现在,农场和他并非越来越亲近,而是分道扬镳,渐行渐远。终有一日,农场会整个离去,完全消失。即便现在,他已经开始为这消逝而悲伤了。

这农场过去是祖父的,祖父去世后,传给了索恩大伯。弟兄姐妹几个人中也就索恩会务农,其他几个都巴不得一早进城。但从某种意义上说,弟兄姐妹也都在农场长大,仍然觉得这里是他们家的。因此,父亲每年至少回农场一两次,每次都把他带上。

这个农场叫 Voëlfontein,百鸟泉。他爱这里的每一块石头,每一片灌木,每一片草叶,也爱为农场命名的鸟儿。黄昏时,成千上万的鸟儿聚在泉水边的树林中,或相互鸣叫,或兀自呢喃,抖动羽翼,预备着过夜。他无法想象还有谁比他更爱农场。但是他只能爱在心里,却不能开口。毕竟普通人不会把这种事挂在嘴上。再者,一说出来,就明摆着是背叛母亲。之所以是背叛,是因为她来自另一个农场。那个农场地处更为偏远,也让她留恋,可农场卖给了别人,她永远回不去了。另外,这个真正的农场,百鸟泉农场,也不欢迎她。

为什么这样,她从不解释。最后,他反倒感谢她的沉默。他后来自己也把事情的来龙去脉搞清楚了。战争期间,母亲长期和两个孩子一起,生活在艾伯特王子镇[①]的一间单人出租屋里,靠父亲每月做准下士的微薄津贴,外加总督将军救难基金中支取的两镑,勉强维持生活。这段时间,尽管离农场只有两小时的路程,家里人也一次没有邀请他

---

① 艾伯特王子镇(Prince Albert),南非西开普省小镇,英文来自阿尔伯特亲王的命字,但中文译法有区别。

们去农场。父亲打仗回来后,连他都对母子三人遭到的冷遇愤愤不平,他也因此知道了事情的一鳞半爪。

对艾伯特王子镇,他只记得在漫长而炎热的夜晚,蚊子嗡嗡乱叫。母亲穿着衬裙,来回走动,汗珠从皮肤上渗出来,她腿部粗壮,上面青筋横一道竖一道。她在哄着一直在哭的弟弟。百叶窗总关着,把阳光遮挡住,屋内的日子乏味得让人不堪承受。他们就过着这种日子,困在那里,想搬也没钱。他们总在巴巴地盼着父亲家人来邀请,可他们总也不来。

如今提到农场,母亲的嘴仍然紧绷着。不过,他们圣诞节去农场时,她也跟着过去。整个大家庭团聚在一起。每个房间里都摆着床、床垫和担架床,有的甚至摆到外面游廊上了。有次圣诞节他数了下,发现这些床铺多达二十六个。姑妈和两个女仆整日都在湿气腾腾的厨房里做饭、烘烤,做了一顿又一顿,茶水咖啡和蛋糕上了一轮又一轮。而男人们闲坐在椅子上,懒洋洋地盯着闪闪发光的卡鲁沙漠,轮番回忆往事。

他沉醉于这样的氛围,沉醉于他们聚在一起时英语和南非语夹杂的谈话。他喜欢这种有趣的语言,它在舞动,句子中的虚词时常省略,比学校教的南非语更轻灵,更飘逸。学校的那种南非语较为沉重,里面沉积着来自 volksmond,人民的口中的习语。但它们似乎只来自大迁徙时期,多与牲口、牛车、车辄这些有关,显得笨拙而荒谬。

祖父还活着的时候,他第一次去农场,他在故事书上看到过的所有谷仓的动物都还在:有马,有驴,有母牛和牛犊,有猪,有鸭,有群母鸡,有一只公鸡每天打鸣报晓,还有母山羊和留胡子的公山羊。祖父死后,牲畜渐渐稀少,最后只剩下绵羊。首先农场上的马被卖掉,猪变成了猪肉(他看着大伯射死了最后一头猪:子弹是从耳朵后打的,猪放了个响屁,然后倒塌下来;先是跪倒在地,然后歪倒,浑身颤抖)。接着消失的是牛,再接着是鸭子。

这一切的原因是羊毛价格。日本人花一镑买一磅羊毛:买拖拉机比养马容易,开着新的斯蒂庞克①去弗雷泽堡②买冷冻黄油和奶粉,也比挤牛奶打奶油容易。万般皆下品,唯有绵羊高,还有那金色的羊毛。

农业的负担也可以抛弃。农场唯一还在种的植物是苜蓿。这是怕草地啃光,备来喂羊的。果园中,仅剩下一些橙子树,每年都能收获极甜的脐橙。

饭后小憩片刻,姑婶叔伯们就凑在一起,喝着茶讲着故事,说着说着就提起农场往事来。他们怀念起被称为"绅士农夫"的父亲。老祖父有辆双驾马车,在大坝下面的地里种玉米,亲自脱谷,亲自碾磨。"是的,那日子才有劲。"他们叹着气说。

他们喜欢怀念过去,却不想回到过去。他却想。他希望时光真能倒流。

游廊拐角处有片九重葛,阴影下挂着一个帆布水壶。天越热,水越凉——实属奇迹。同属奇迹的还有挂在库房

---

① 斯蒂庞克(Studebaker),美国汽车品牌,1852年由德国移民创建,1967年倒闭。
② 弗雷泽堡(Fraserburg),南非北开普省卡鲁地区城镇。

暗处不会腐烂的肉,屋顶上被烈日暴晒却依然新鲜的南瓜。农场上的东西似乎不会腐烂。

帆布水壶里的水神奇地凉爽,但他一次只喝一口。他为自己的克制而自豪。好歹这也是锻炼,但愿有朝一日在草原迷路时能派上用场。他想成为这片沙漠的生灵,像只蜥蜴一样。

农舍正上方是一块十二英尺见方的石坝水池,风力水泵将其灌满。水池的水能管整个屋子和花园用。有一回天热,他和弟弟把一只镀锌铁皮澡盆放进小水坝,摇摇摆摆地爬进去,在水里来回划。

他怕水,觉得这么冒险一回,可以克服对水的恐惧。他们的"小船"在水池中间来回晃动。阳光一缕缕照射下来,水面斑驳,四周蝉噪而幽静。他和死亡之间只隔薄薄一块金属片。不过,他感到很安全,就是打个盹恐怕都没事。这里是农场,农场不会发生什么坏事。

他只在四岁时上过一次船。有个男人(他总也记不起来是谁)把船一直划到普利登堡湾的潟湖里。本来应该是一次快乐的旅行,但是别人划船的时候,他像冻僵了一样坐着,目光盯着远处的海岸。他只看了一眼船边的水。水草的叶子在水深处懒洋洋地摇曳着。他担心会头晕,果不其然,晕得比预想的还严重。每划一次桨,脆弱的木板都发出吱吱嘎嘎的声音,随时都要散架的架势,可也只有它们能保他不掉下去淹死。他手抓牢,闭上眼睛,试图战胜内心的慌乱。

百鸟泉农场有两个混血家庭,两家都有自己的房子。

在水池附近,还有一栋现在没有屋顶的房子,奥塔·贾普过去住在里面。奥塔·贾普在祖父来之前就在农场上了。他只记得奥塔·贾普非常老,眼球乳白色,什么也看不见,没牙的腮瘪瘪的,双手关节肿胀,总坐在阳光下的长凳上。奥塔·贾普去世之前,他被带过去见他最后一面,或许是让他祝福吧?他也不是很肯定。尽管奥塔·贾普现在不见了,大家提起他的名字还是毕恭毕敬。可是他问到奥塔·贾普有什么特别之处时,得到的答案却并不起眼。家人说,奥塔·贾普那时候,还没有防豺狼栅栏,牧羊人到远处的草地上放牧时,要和羊同住一起,有时候一住就是几个礼拜。奥塔·贾普属于消失的一代。仅此而已。

不过,这些话背后的意思他有所感悟。奥塔·贾普属于农场。尽管祖父把农场买了下来,成为法定所有人,奥塔·贾普却是早就在这儿的。他了解农场,对绵羊、草地、天气这些,永远会比后来者熟悉得多。这就是大家敬重奥塔·贾普的原因,也因为这个原因,大家摆脱不掉奥塔·贾普的儿子罗斯。罗斯现已中年,办事不牢,经常出差错。

大家对罗斯好像有个默契:他会在农场一直住下去,直到老死,最终他的一个儿子来继承他的差事。另外一个雇工叫弗里克,比罗斯年轻,更有活力,学东西快,办事更稳重些。尽管如此,他并不属于农场。大家觉得他也不见得会留下。

他毕竟来自伍斯特,在那里混血人想要什么东西都得乞求(Asseblief my nooi! Asseblief my basie!①)。看到伯父和雇工关系合情合理,恰如其分,他感到欣慰。每天早上,伯父都跟两个雇工布置当天的任务。他不给他们下命令。相反,他提出需要完成的任务,将其一项一项列出来,就像是在桌子上发牌一样。他的属下同样也发牌。然后大家停顿一下,都在考虑,什么也不说,什么也没发生。然后,突然间事情就顺理成章地安排妥当了:谁去哪里,谁做什么。"Nouja, dan sal ons maar loop, baas Sonnie!"好的,我们出发吧,索恩老板。罗斯和弗里克戴上帽子,轻快地出发了。

厨房里也一样。厨房里有两个女人:罗斯的现任妻子特里茵和他与前妻所生的女儿莲特洁。她们在早餐时间到达,中餐之后离开。中餐是一天的主餐,在这里被称为 dinner②。莲特洁看到陌生人很害羞,有人跟她说话的时候她都掩面窃笑。但是,如果他站在厨房的门口,能听到姑婶和两个女人之间低声说的家常话,他很喜欢偷听。那是女人之间的八卦,听来是那么柔软,那么舒心。故事口口相传着,不仅说到了农场上的事,还提到弗雷泽堡路,小村以外,本地区的其他农场。这些八卦古往今来无所不包,织就了一张白色的八卦之网。这网别家的厨房也在编织:范伦斯堡的厨房,艾尔伯茨的厨房,尼格里尼的厨房,伯茨家的厨房。谁和谁结婚了,谁的岳母得了什么病要做手术,谁的儿子在学校表现良好,谁家女儿遇到麻烦,谁探望了谁,谁在

---

① 南非语:求求你主人! 求求你老板!
② Dinner一词在英国常指晚餐。

什么时节穿了什么衣服。

不过他与罗斯以及弗里克关系更密切。对于他们的生活,他有火一般的好奇。他们是不是像白人一样,里面穿背心和内裤?他们每个人都有床吗?他们睡觉时是裸睡,穿工装,还是穿睡衣?吃饭的时候,他们也正正规规地拿刀叉坐在桌旁吃吗?

这些问题他都无从回答,家里人不鼓励他去参观他们的房子。有人告诉他,去参观很不礼貌,罗斯和弗里克会觉得尴尬。

如果罗斯的妻子和女儿在他家做事不尴尬,做饭、洗衣、铺床都可以,为什么他去他们家拜访就尴尬呢?

这话说起来有理有据,可是他知道,里面有个漏洞。事实上,让特里茵和莲特洁在家里确实比较尴尬。当他走过莲特洁身边时,她要假装自己不存在,他也得假装她是隐身的。他不喜欢看到特里茵跪在洗衣盆前,搓洗他的衣服。当她以第三人称与他说话时,他不知道如何回答。她称他为"die kleinbaas",小东家,好像他不在面前一样。这一切都令人非常尴尬。

和罗斯及弗里克相处容易多了。但是即使和他们在一起,他说话也得费一番脑筋,他们称他为小东家时,他要避免用 jy[①]。他也不确定弗里克是成人还是个少年,不知道把弗里克当成人看,是否显得自己很傻。对于一般的混血人种,尤其是对于卡鲁沙漠的人,他无法确切知道少男少女

[①] 南非语中对"你"的称呼,一般是上对下使用。

是在什么时候突然就变成成年男女的。这种转变比较早,发生得也突然:头一天他们还在玩玩具,到了第二天,突然就和其他男人一起出去干活,或是去人家厨房洗碗了。

弗里克性格温和,说话和声细语。他有一辆宽轮胎的自行车,还有一把吉他。到了傍晚,他就坐在房间外面弹吉他,脸上是他那淡淡的微笑。星期六下午,他骑自行车前往弗雷泽堡路的地方,一直待到星期天晚上,天黑后好久才回来:从几英里远的地方,他们可以看到他的自行车灯发出的微弱而摇曳的光亮。在他看来,骑车这么远是很威武的事。他愿意崇拜弗里克,如果这么做允许的话。

弗里克不过是个雇工,领一份工资,随时可能卷铺盖走人。然而,看到弗里克蹲在地上,叼着烟斗,凝视着草原的样子,他觉得弗里克比库切家的人更属于这里——如果百鸟泉农场不算的话,起码他属于卡鲁沙漠。卡鲁沙漠就是弗里克的祖国,他的家园。而库切家的人无非是在农舍的游廊上喝喝茶,聊聊天。他们就好比燕子,到季节就来,过了季节就走,今天在,明天就没了。他们和麻雀一样叽叽喳喳,蹦蹦跳跳,但都不会长久。

农场上最好、最过瘾的事是去打猎。伯父只有一杆枪,是重型的李-恩菲尔德.303口径步枪,它的子弹任何猎物都抵挡不住。有一次他父亲用这枪打了只野兔,结果除了血淋淋的碎片,什么也没剩下。因此,他去农场时,就从邻居那里借了把旧的.22口径步枪。它只有一个弹夹,直接装入枪膛。有时这枪会走火,让他耳鸣几个小时。除了水池里的青蛙和果园里的鼠鸟之外,他从来没能用这枪打中任何东西。不过,清晨和父亲去打猎,是他最幸福的时光了。他们一起带上枪,沿着博斯曼河的干河床寻找猎物:小岩羚、小羚羊、野兔,还有光秃秃的山坡上的灌木鸨。

每年十二月,他都和父亲来农场打猎。他们坐火车来,不过坐的不是卡鲁特快,也不是橙色特快,更不是蓝色特快,这些都太贵了,而且不停弗雷泽堡路。他们乘坐普通列车,是站站都停的那种,包括那些寂寂无名的小站。有时候车还得停到岔道上,等着那些赫赫有名的快车飞驰而过,才能继续前进。他喜欢这种慢车。他喜欢列车员送来的洁白床单和海军蓝毛毯,他把自己裹得紧紧的,舒舒服服的。他喜欢夜间在某个偏僻寂寥的小站醒来,听到机车在嘶嘶声中停下,车检工用锤子叮叮当当地敲打车轮。黎明时分,他们到达弗雷泽堡路时,索恩大伯会等着他们。他一脸灿烂的笑容,头上戴着那顶油乎乎的旧毡帽,见面会说:"Jislaaik,maar jy word darem groot,John!"你长得好大了呀!接着他从牙缝间吹起口哨,把他们的行李放进斯蒂庞克车,然后开上好一阵去农场。

他深知,在百鸟泉狩猎的经历不会重样。只要惊起了一只野兔,或是听到灌木鸨在远处的咕咕声,他就觉得很有成就感了。遇到这些,回家就足以跟家人鼓吹一番。红日高悬时,他们回到家里,家人们已经坐在游廊上喝咖啡了。很多时候,他们出去一上午,而后空手而归。

天热的时候去打猎是没有意义的,那时候猎物们正躺在树荫下打瞌睡。但是在傍晚时分,他们有时会坐进斯蒂庞克,在乡间小道上兜风。索恩大伯开车,父亲坐在副驾驶座位上,手里拿着.303口径的枪。他和罗斯在后面的双排座上。

通常情况下,进营地大门的时候,罗斯要跳出来,打开营地大门,等车子过去,再回来把门一一关上。但是去打猎的时候,开门关门的大权落到了他头上,罗斯只是赞许地看着。

他们正在寻找传说中的南非大鸨。但是,南非大鸨一年只能见到一两次,颇为珍稀,若有人猎杀,会面临五十镑罚款,于是他们退而求其次,找灌木鸨了。他们打猎带上罗斯,皆因罗斯多少属布希曼人①,一定是眼力非凡。

果然,罗斯第一个看到了灌木鸨,他往车顶上拍了一巴掌。灌木鸨是灰褐色,大小如母鸡,三三两两在丛林中奔跑。斯蒂庞克停了下来。父亲将.303架在车窗上开始瞄准。那啪的一声枪响在草地上方回荡。有时受惊的鸟儿会飞起来,但是更多时候,它们只是跑得更快一点,嘴里发出那种典型的咕咕声。父亲从来没有真正打中过灌木鸨,所以他也从来没有近距离看到过这种被南非语-英语词典称为"bush bustard"的鸟儿。

父亲在战争中是炮手,操作波佛斯高射炮,专打德国和意大利飞机。他想知道父亲是否真的打中过飞机。他反正从来没这么吹嘘过。他是怎么成为炮手的?他毫无这方面的天赋。什么士兵做什么兵种,难道完全都是随机安排?

他们狩猎唯一得手的时候是夜间。不过他很快发现,

---

① 布希曼人(Bushman),南非最早的土著民族,以狩猎为生。

这猎打得不大光彩,不值得夸口。打猎的方法倒是简单。晚饭后,他们爬进斯蒂庞克,而索恩大伯则在黑暗中带他们穿过苜蓿地。突然间,他会停下来,打开大灯。在三十码以外的地方,一头小岩羚站着一动不动,耳朵朝他们竖起,困惑的眼睛反射着灯光。"Skiet!"①伯父低声说。父亲开了枪,公羊应声倒下。

他们自我安慰说苜蓿是给绵羊吃的,羚羊这是来偷吃,故而猎杀是应该的。不过他看到,小岩羚不比一只贵宾犬大多少,他知道他们的自我安慰是何等空洞。他们完全是白天打不到东西,才晚上来偷袭。

不过他倒是饱了口福。羚羊肉先被浸入醋里,然后烤。他看到婶婶在深色的肉上切开了小缝,然后塞入丁香和大蒜。这羚羊肉做得比羊肉还好,味道浓郁,肉质松软,入口即化。卡鲁沙漠上的一切味道都好:桃子、西瓜、南瓜、羊肉,仿佛能在这干旱的土地上活下来的,就受到了额外的祝福。

他们永远无法成为名猎手。尽管如此,他还是喜欢狩猎的一切:枪握在手里的沉甸甸的感觉,脚踩在灰色河沙上沙沙的声音,停下来时像云一样沉积的寂静,还有那四周的风景,那赭色、灰色、黄褐色、橄榄绿色的迷人地貌。

照惯例,狩猎的最后一天,他可以把余下的 0.22 口径步枪子弹射完,他就朝栅栏柱上的锡罐开枪。这一刻并不轻松。他们借来的枪不好使,他的枪法也一般。一家人都

---

① 南非语:开枪!

在游廊上看着,他胡乱扣动扳机,打跑的多,打中的少。

有天早晨,他独自一人带上 0.22 口径步枪,在河床上去打鼠鸟。弹匣在枪膛里卡住,他无论如何取不出来。他把枪带回家,但索恩大伯和父亲都不在。"去找罗斯或弗里克吧。"母亲建议。他去马厩找弗里克。不过弗里克不想碰枪。找到罗斯时情况也一样。他们也不解释是为什么,但好像都对枪怕得要死。他只得等索恩大伯回来,用铅笔刀把弹匣给卸下来。他抱怨道:"我让罗斯和弗里克帮忙,但他们都不干。"伯父摇了摇头。"你绝对不能让他们碰枪。"他说,"他们也知道不可以碰。"

他们不可以碰。为什么不可以碰?没有人告诉他。但是"不可以"(mustn't) 这个词让他沉思良久。他在农场听到的这个说法,比在其他任何地方都多,甚至比在伍斯特还要多。一个奇怪的词,中间的 t 不发音,所以常被拼错。"你绝对不可以碰这个。""你一定不可以吃。"如果他辍学了,要求到农场来,这会不会就是代价:他不问问题了,只听命令,服从所有"不可以"的规矩。他能否对这些照单全收,付出相应的代价?这个世界上,他只希望住在卡鲁沙漠,除了隶属于某个家庭之外,难道就没有别的办法在这里生活?

农场很大。有一回他和父亲去狩猎。一直到了河床对面的篱笆处,父亲说,这里就是百鸟泉和另一家农场的分界线了。他吃了一惊。在他的想象中,百鸟泉就是一个独立王国。即使花上一辈子时间,也不能了解百鸟泉的全部,了解它的一草一木。有这种几近吞噬的爱,人是永远不会有足够时间去了解一个地方的。

他最熟悉百鸟泉的夏天。那时刺眼的阳光倾泻而下,百鸟泉农场躺在下面,平平展展。然而,百鸟泉也有其奥秘,这些奥秘不属于夜晚和阴影,而是属于炎热的午后。那时候会有海市蜃楼,在地平线上翩翩起舞,连空气中都有歌声响在耳际。滚滚热浪下,所有人都在打盹,他会踮脚离开屋子,爬到山上,找到迷宫一般的石砌围栏。过去造的这围栏,是用来把成千上万的羊从草原赶进来清点、剪毛、消毒的。围栏墙壁有两英尺厚,高过他的头;砌墙的石头是蓝灰色的平石头,每一块都是用驴车拖过来的。他试图想象这些如今均已死去的羊,当年如何在围栏的背阴处躲避烈日。他试图想象百鸟泉当年的盛况。农舍、附属房屋和围栏,还在建造之中,那蚂蚁搬家般的耐心劳作年复一年。而今,捕食绵羊的豺狼要么被射杀,要么被毒死,已经尽数消灭,围栏已经没有实际作用,逐渐荒弃了。

围栏的墙壁在山坡绵延数英里。这里什么都不长,土已经被踩平,永远寸草不生。不知怎的,土地的颜色也像受过污染,呈现出病态的黄色。进入围栏后,除了天空之外,他就和外界完全隔绝了。这里可能有蛇,要是给咬到了,他在这里呼救都没人听见,所以家里人都叫他不要来这里。他听到的警告说,蛇就喜欢这样炎热的午后。这些眼镜蛇、砂警蛇、鼓腹蝰,纷纷出洞,沐浴在阳光下,把冷血晒暖。

他还没在围栏看到过蛇,不过他在这里走路也是万分小心。

弗里克在厨房后面妇女晾衣的地方发现过一条砂警

蛇。他用棍子将其打死,将长长的黄色蛇尸挂在灌木上。女人好几个星期都不会去那里。特里茵说,蛇是成双成对一辈子的,杀死公蛇,母的会来报仇。

九月入春,是参观卡鲁沙漠的最佳时候,不过学校的假期只有一个礼拜。有年九月,他们在农场,碰巧赶上剪毛工在。这些人骑着自行车,不知从哪里过来的。都是些粗野之人,骑的自行车上扛着铺盖和锅碗瓢盆。他发现,剪羊毛的都是些不同寻常的人。他们到农场就是好运。为了留他们,一头肥阉羊,被挑出来杀了。他们就住到旧石栏,在那里安营。他们生起篝火,在那里大吃大喝。

他听索恩大伯和他们的头儿在一起讨论了好久。那头目皮肤黝黑,模样凶狠,很像土著。他留着尖尖的胡子,裤子用绳子系在腰间。他们说天气,说弗雷泽堡、博福特、艾伯特王子镇等地区的放牧状况,还谈到付款情况。剪毛工说的南非语口音很重,里面有很多奇怪的习语,他几乎听不懂。他们来自哪里?难道还有比百鸟泉更偏僻的乡下,更隔绝的内地?

第二天早上,在黎明前一个小时,他被蹄子的践踏声惊醒。第一批绵羊被赶着走,经过大屋,前往剪毛棚旁的围栏里。家人也陆续醒来。厨房喧闹起来,还有咖啡的香味飘来。天刚亮,他就穿好了衣服,等在外面了。他激动得早饭也不想吃了。

家里人给了他一个任务。他负责看管一个装满干豆的锡杯。剪毛工每次剪毛完毕,羊浑身粉红色,光秃秃的,被剪破的地方还在淌血,而剪毛工会在羊屁股上拍一下,放它离开,羊就紧张地跑到第二个围栏。剪毛工把剪的毛扔到分拣台上,从杯子里取一个豆子,然后点头致意,嘴里说:"My basie!"①

后来他拿杯子也厌烦了(剪羊毛的人自己拿就行,他们都是乡下长大的,没听说曾有欺骗),他和弟弟帮着给羊毛打包。他们在一大堆热热的、油乎乎的羊毛中跳上跳下。他的表姐艾格尼丝也从斯基珀斯克罗夫农场过来了。她和妹妹一起加入到兄弟俩中间,四个人仿佛置身于巨大的羽毛床上,翻来滚去,欢笑不断。

艾格尼丝在他的生活中处境略有些暧昧。他是七岁时第一次看到她——他们有次应邀去斯基珀斯克罗夫。他们坐了很长时间火车,到快傍晚时才赶到。乌云在天上掠过,阳光里也没有暖意。在寒冷的冬日光线下,草原向前伸展开来,颜色蓝中带红,没有一丝绿意。农舍像个一本正经的白色方块,带有尖尖的锌皮屋顶,显出拒人千里之外的模样。它一点也不像百鸟泉。他不想来这里。

比他大几个月的艾格尼丝被指定为他的同伴。她带他去草原散步。她赤脚走路;她甚至没有鞋子。没多久,他们就不知道走到了什么荒野处,看不到屋子了。他们开始聊天。她扎着马尾辫,说话有点透风,这都让他喜欢。他终于放松了戒备。他说话时,忘记了自己在说什么语言:思想瞬间化作了词语,透明的词语。

他不记得那天下午他都跟艾格尼丝说了些什么。但是

---

① 南非语:小东家。

他什么都告诉了她,他所做的一切,知道的一切,希望的一切。她专心聆听,没有说话。即便在他说话的时候,他都已经知道这一天因为她而特别。

太阳西沉了,颜色火红,但寒冷依旧。云越来越黑,风越刮越大,刺穿了他的衣服。艾格尼丝只穿着一条薄棉布连衣裙,脚冻得发紫。

"你们去哪里了?你们在干吗?"回到家时,大人们追问。"Niks nie",艾格尼丝回答说。没干什么。

在百鸟泉农场艾格尼丝不可以去狩猎,但她可以自由地在草原上与他同行,或在大水池中与他一同捉青蛙。和她在一起,跟和同学在一起大为不同。这应该归结到她的温柔,她的聆听,还可以归结于她那褐色的细腿,她在石头上腾挪跳跃的模样。他很聪明,是同班同学中的佼佼者。她也有聪明过人的美誉。他们四处游荡,谈论大人会摇头的事情:宇宙是否有开始?黑暗星球冥王星之外是什么?如果有上帝,他在哪里?

为什么他跟艾格尼丝聊天这么轻松呢?是因为她是女孩吗?无论他说什么,她都毫无保留地欣然回答,语气总是那么温柔。他们是表姐弟,没法相爱,没法结婚。从某种程度上来说,这也是一种解脱:他可以自由地与她成为朋友,向她敞开内心。不过他是不是还爱上了她?这种虚怀若谷,这种心灵默契,这种坦诚相待,就是爱吗?

连续两天,剪毛工一直都在干活,忙得几乎连吃饭都没时间,彼此之间还较劲,吆喝着看谁最快。次日傍晚,所有活都结束了,每一只羊都剪了毛。索恩大伯拿出一帆布袋的钞票和硬币,按照每个剪毛工的豆子数量给他们发薪。接下来他们又是生起篝火,大吃大喝。第二天早上,他们全走了,农场又恢复了那古老而缓慢的节奏。

羊毛一包又一包,多到棚子里都堆不下。索恩大伯拿着戳子和印泥,一包包地检查,然后盖上写有自己和农场名字的戳,标上羊毛等级。几天之后,来了一辆大货车(穿过博斯曼河连小车都会陷在沙层里,大货车是怎么过的?),货车将羊毛包装上,开走。

这样的过程每年都会重复。每年剪毛工都来,每年都有这些历险和刺激。它永远不会结束;只要时光在,它就没有终止的理由。

将他和农场联系起来的,是个秘密而神圣的单词,那就是"归属"。在草原上,他能大声说:我在农场有归属。还有一句"我属于农场",他相信,但是不敢说出来,担心一说出口其魔力就会消失。

他没有告诉任何人,因为这个词很容易被误解,很容易搞反:农场属于我。农场永远不会属于他,他永远只是个过客,这一点他能接受。真正住在百鸟泉,把那栋旧房子称为家,凡事不需征求同意的念头,他想到了都发晕,于是索性将其抛弃。我属于农场,仅此而已,即使他内心深处,也不会有比这更过分的念想了。但他内心深处知道,农场也以自己的方式认识到:百鸟泉不属于任何人。这农场比别的任何一个都大。农场会永远存在。等他们全部去世,甚至农舍也荒弃了,就如同山坡的围栏那样,农场仍然会在这里。

有一次,在远离农舍的草原上,他弯下腰,手在灰尘里搓着,就像洗手一样。这是仪式。他在创造一项仪式。他还不知道这仪式是什么意思,可是也没有人看到并传出去,他为此感到欣慰。

属于农场是冥冥之中的安排,这样的命运与生俱来,但他欣然接受。他的另一个秘密是,尽管他和母亲之间有矛盾,但他仍属于母亲。他清楚,这两种归顺关系水火不容。他也知道,在农场,母亲的影响力最弱。作为女人,她不能狩猎,不能在草原上随便走。这里她先天具有弱势。

他有两个母亲。他出生过两次:生于女人,生于农场。他有两个母亲,他没有父亲。

距离农舍半英里处,道路一分为二,左边通向莫威维尔①,右边通往弗雷泽堡。路的交叉口处是块墓地。墓地有自己的大门和围墙。祖父的大理石墓碑在墓地里雄踞一方,其周围是十几个其他墓地,都比祖父的墓碑矮,也比它简单。这些墓碑上有些刻着名字和日期,有些根本没有刻字。

祖父是墓地里唯一一个姓库切的,也是家族收买了农场之后,第一个去世的。他在这里结束了自己的一生。祖父起初在皮克特堡②做小贩,后来在兰斯堡③开设了一家商店,并成为该镇的镇长。再后来,他在弗雷泽堡路买了家

---

① 莫威维尔(Merweville),南非西开普省西博福特市下的小镇。
② 皮克特堡(Piketberg),南非西开普省城镇,位于萨尔达尼亚湾以东约50英里。
③ 兰斯堡(Laingsburg),南非西开普省城镇。

酒店。他现在埋在了地下,但农场仍然是他的。他的孩子们像侏儒一样在上面跑来跑去,而他的孙子辈是一代不如一代。

道路的另一边是第二个墓地,没有围栏,一些坟墓风化严重,几乎又成了大地的一部分。这里葬的是农场的仆人和雇工,包括奥塔·贾普,以及更早的那些。有几处墓碑仍屹立着,上面没写名字和日期。然而,他敬畏这里的亡灵,而对祖父坟墓周围一代代的伯茨家族,倒没有这样的感情。这与魂灵无关。卡鲁沙漠的人不相信魂灵。这里人死了就一了百了,肉被蚂蚁吃掉,骨头被太阳晒白,仅此而已。然而,在这些坟墓里,他走起来颇为战战兢兢。这里的土地有一种深沉的寂静,寂静到几乎听到嗡嗡声。他死后,他想埋在农场上。如果他们不允许,他就想火化,把骨灰撒在这里。

他每年去朝圣的另一个地方是布卢姆霍夫①,这里是第一栋农舍所在的地方。现在什么都没有了,只剩下了无意趣的地基。农舍前过去有个水池,地下涌出的泉水将其充满。现在泉水也干了。这里看不到昔日花圃和果园的任何踪迹。但是在泉水边光秃秃的土地上,有一棵高耸而孤独的棕榈树,凶猛的黑色小蜜蜂在树干上筑了巢。多年来,人们为了蜂蜜,一次次放火烧蜂巢,把树干都熏成了黑色。可是蜜蜂仍然没有走,仍知道在这片干旱、灰色的大地上,何处能采到花蜜。

---

① 布卢姆霍夫(Bloemhof),南非西北省农业镇,位于瓦尔河沿岸。

他希望蜜蜂能意识到,他是带着干净的双手来,不是来偷窃,而是向它们问候,向它们致敬的。可是当他靠近棕榈树时,蜜蜂就开始愤怒地嗡嗡作响。有散蜂向他扑来,警告他走开。有一回他不得不溜之大吉,身后成群蜜蜂跟着追,他在草原上拐着弯跑,双臂挥来挥去,幸亏没有人看到,不然会笑死。

每个星期五农场会宰一只绵羊给所有人吃。他与罗斯、索恩大伯一起去挑受死的羊。然后,他站一边看杀羊。屠宰场在棚屋后面,室内看不到。弗里克握住羊的双腿,而罗斯则用那看起来很无害的小刀,割断羊喉咙;血喷涌而出,羊嘴里咳着,腿蹬着,弗里克和罗斯将其死死压住。剥皮时他接着看:羊身子还暖暖的,罗斯就将它剥了皮,将尸体挂在巴西橡胶树上,开了膛,将内脏拉出来放进盆子里:羊胃是蓝色,里面装满了草。还有肠子(他将羊还没机会排出的粪便给挤了出去),心脏,肝脏,腰子——羊体内的五脏,他体内也一样有的五脏。

罗斯用同一把刀阉割羔羊。这活他也去看。幼小的羔羊和它们的母亲被围住,圈起来。罗斯走到中间,伸手抓住小羊后腿,把它按到地上,羊羔绝望地咩咩叫,声声凄惨,罗斯将其阴囊切开。然后他的头突然低下去,用牙齿咬住睾丸,硬给拔了出来。睾丸看起来像两只小水母,后面拖着青色和红色的血管。

罗斯干活时顺带也把羊尾巴割掉,抛到一边,只剩下血糊糊的残根。

罗斯的模样像个小丑:腿短短的,穿着裤腿剪到膝盖以下、松松垮垮的旧裤子,鞋子是自己打的,毡帽破旧不堪。他在羊群中乱转着,挑出小羊,无情地加以阉割。阉割结束,小羊身上还流着血,痛苦地站到母亲边上,而母亲从头到尾都没保护它们。罗斯把小刀折叠起来。活全干完了,他满脸微笑。

他目睹的这一切他无法跟人讨论。"为什么他们要剪断羊羔尾巴?"他问母亲。母亲回答说:"不给剪掉,下面会生苍蝇。"他们俩都在装,他们都知道问题的实质是什么。

有一回,罗斯让他拿小刀,并向他示意用小刀割断头发多容易。头发不会弯曲,刀一碰就断。罗斯每天都会磨刀,在磨刀石上吐口水,动作轻盈地将刀刃在磨刀石上来回磨着。这刀磨过,割过,再磨过,久经磨损,最后只剩窄窄的一根长条。罗斯的铁锹也是一样,用了磨,磨了用,最后只剩下一两英寸的铁,铁把子被握得光溜溜、黑乎乎的。

有个星期五杀过羊之后,母亲说:"你不应该看这些。"

"为什么?"

"就是不应该。"

"但我自己想看。"

然后他去看罗斯把羊皮钉住,抹上岩盐。

他喜欢看罗斯、弗里克和索恩大伯做事。由于羊毛价格高,索恩大伯想在农场多养些绵羊。但是多年的干旱把草原变成了沙漠,草地和灌木都趴到了地上。他着手给整个农场重新安装围栏,将其分割成片,轮流用来放羊,好让牧草有机会恢复。他和罗斯、弗里克每天都出去,在岩石般坚硬的土地上打桩把栅栏桩钉下去,铺开一弗隆一弗隆①的铁丝,拉得紧如箭弦,然后固定在栅栏上。

索恩大伯对他总是很友善,但他知道他并不喜欢自己。他是怎么知道的呢?他在身边时,索恩大伯眼神里透出不安,声音也僵硬起来。如果索恩大伯真的喜欢他,那么他就会和罗斯和弗里克在一起时那样自在。索恩大伯总是很谨慎地跟他说英语,哪怕他用南非语回答。这种对话套路成了两人之间的默契,想跳都跳不出去了。

他告诉自己,不喜欢他不是个人原因,只是因为他是索恩弟弟的儿子,却比索恩自己的儿子还大——索恩的儿子还是个婴孩。不过他又担心,恐怕这里面还有更深层的原因。索恩不喜欢他,是因为他效忠作为闯入者的母亲,而非父亲;另外,还可能是因为他不是那么坦荡实诚。

如果要他在索恩大伯和自己的父亲之间选一个人做父亲,他会选择索恩,哪怕这意味着他会和其他农场儿童一样,一辈子做阿非利堪人,要和其他阿非利堪人一样,去炼狱一般的寄宿学校上学多年,然后才能回到农场。

也许这就是索恩大伯不喜欢他的更深层次的原因:他感到这个陌生孩子对他有些模糊的索求,他断然拒绝,就好比一个成年人摆脱一个缠人的婴儿一样。

他喜欢看索恩大伯做事,欣赏他的能干。索恩大伯无论是给有病的动物吃药,还是修理风泵,都手法娴熟。他特

---

① 弗隆(furlong),长度单位,1 弗隆相当于 201 米。

别钦佩索恩大伯对羊了如指掌。他对羊只要看一眼,就能说出其年龄和血统,还能判断出羊毛的等级,甚至能说出每个部位吃起来是什么味道。他能根据哪头羊肋骨烧烤起来好吃,或是腰肉烧烤起来好吃的标准,来挑选羊来屠宰。

他自己喜欢吃肉。他期盼着中午开饭的铃声响起,还有随后的那顿大餐:烤土豆,黄米饭加葡萄干,焦糖酱地瓜,南瓜加红糖和软面包块,酸甜豆,甜菜沙拉,以及居中位置的一大盘羊肉,上面浇着肉汁。不过,看过罗斯宰羊后,他就不愿意碰生肉了。早在伍斯特他就不喜欢进屠宰店。屠夫会在柜台上抛上一块肉,切成薄片,用牛皮纸卷起来,在上面写上价格,动作熟练连贯,但他看了很恶心。听到锯子锯骨头时候的那种刺啦刺啦声,他都想把耳朵堵起来。看到羊肝他不怎么反胃,他毕竟不怎么知道肝脏在身体中起什么作用。可是他的眼睛不愿意去看橱窗中的心脏,看到一盘盘的下水,更是反感。即使在农场上,他也拒绝吃下水,哪怕别人都说好吃。

他不明白为什么绵羊这么逆来顺受,为什么它们从不反抗,而是甘愿受死?鹿都知道落在人手里可不是好事,到了快断气还要挣扎着跑开,为什么绵羊就这么笨?它们毕竟是动物,有着动物特有的敏锐感觉:听到棚屋后受害者最后刺耳的声音,闻到那血腥味,为什么还不留个心眼?

有时候,羊被关起来,挤在一起,逃脱不了。他走到它们中间,都想悄悄告诉它们等待它们的是什么。但是随后,从它们黄色的眼睛里,他看见了让他无言的特质。他看到了一种安天乐命,一种先知先觉,仿佛它们不但知道棚子后罗斯在怎么对付自己的同伴,它们还知道如果被装上货车,经过又饥又渴的漫长旅程,运到开普敦之后,等待自己的又是什么。这些它们全都知道,所有细节它们都知道,但它们选择了顺服。来这个世界上,活上一次,是有代价的,这代价它们已经核计过,它们愿意付出代价。

十二

伍斯特总是起风,冬天刮的是料峭寒风,入夏则是干燥热风。在户外只消待上一个小时,头发上、耳朵里、舌头上,就全都是细细的红尘。

他身体健康,充满朝气与活力,但似乎总是感冒。早晨,他醒来时喉咙发紧,眼睛发红,不停打喷嚏,体温忽升忽降。"我病了。"他声音嘶哑地对母亲说。她把手背放在他的额头上。"那你得卧床休息。"她叹了口气。

此时最为痛苦的事,莫过于父亲的追问了。他会问:"约翰去哪儿了?"母亲说:"他病了。"父亲嗤之以鼻:"又在给我装。"在这个过程当中,他尽量躺着不动,直到父亲和弟弟陆续离开,他才坐下来好好看一天书。

他看起书很入迷,速度也极快。他生病期间,母亲每个礼拜要去图书馆两次,给他借书:两本用她的借书卡,另外两本用他自己的。他自己不去图书馆,就怕图书馆员盖章的时候会问他问题。

他知道,要想日后成大器,他就得去看严肃的读物。他应该像亚伯拉罕·林肯或詹姆斯·瓦特一样,别人都睡觉的时候他们还在秉烛看书,自学拉丁语、希腊语,以及天文学。他没有放弃成为大器的想法。他向自己保证,他很快就会去看严肃读物,但是现在,他只想看小说。

他看完了伊妮德·布莱顿①的所有悬疑小说,所有哈迪兄弟系列②,所有比格斯系列③。但是他最喜欢的是 P. C. 瑞恩④的法国海外军团小说。"世界上最伟大的作家是谁?"他问父亲。父亲说莎士比亚。"怎么不是 P. C. 瑞恩呢?"他问。他的父亲没有读过 P. C. 瑞恩的书。他当过兵,居然没兴趣去读 P. C. 瑞恩的作品。"P. C. 瑞恩写了四十六本书。莎士比亚写了几本?"他向父亲提出了质疑,并开始念出这些书的名字。父亲只是用一种恼怒而不屑的语气说:"罢了!"并不去回答他的问题。

如果父亲喜欢莎士比亚,他断定莎士比亚一定很糟糕。尽管如此,他还是开始看莎士比亚,想了解为什么大家都说莎士比亚怎么怎么好。家里的那本莎士比亚作品集是父亲继承下来的,卷了边,书页发黄。旧成这个样子,一定很值钱。他读《泰特斯·安德洛尼克斯》,因为标题用了罗马名字,然后他看《科利奥兰纳斯》,中间的大段演讲他跳过不看。⑤ 图书馆借的书中大段自然环境的描述,他也是这样

---

① 伊妮德·布莱顿(Enid Blyton,1897—1968),英国畅销童书作家。
② 哈迪兄弟系列(The Hardy Boys)是多人以 Franklin d Dixon 为笔名所著的少年悬疑系列小说。
③ 比格斯系列(The Biggles)是 W. E. Johns (1893—1968)所著的以比格斯为主人公的系列探险小说。
④ P. C. 瑞恩(Percival Christopher Wren,1875—1941),英国探险小说家。
⑤ 《泰特斯·安德洛尼克斯》(*Titus Andronicus*)和《科利奥兰纳斯》(*Coriolanus*)是两部莎士比亚以古罗马为时代背景创作的悲剧作品。

跳过去。

除莎士比亚外,父亲的藏书还包括华兹华斯和济慈的诗集。母亲拥有鲁伯特·布鲁克①的诗歌。客厅壁炉架上,赫然陈列着这些诗集、莎士比亚作品集、皮面的《圣米歇尔故事》②,还有 A. J. 克罗宁③写的以医生为主人公的书。他两次尝试阅读《圣米歇尔故事》,但觉得无聊。他一直没搞清阿克塞尔·芒特是谁,书中所写内容是否虚构,也不清楚这书写的是一个女孩,还是一个地方。

有一天,父亲拿着华兹华斯的诗集来到他的房间。他说:"你应该读这些书。"他还用铅笔给其中一些诗打了钩。几天后,他回来,想讨论这些诗歌。父亲念了其中一句:"瀑布轰然而下,搅动我,如若激情。④ ——很了不得的诗歌,对不对?"他嘴里支支吾吾,不去看父亲的眼睛,也不愿配合父亲玩这种游戏。不久,父亲就放弃了。

这粗鄙,他并不感到歉疚。他看不出诗歌和父亲的生活有什么关系,觉得他不过是附庸风雅。母亲说为了逃避姐妹们的嘲笑而躲进阁楼看书的话他还相信,可他无法想象,如今只看报纸的父亲小时候会读诗歌。他想象父亲在那个年龄,干的事无非是插科打诨,嘻嘻哈哈,在灌木丛后面抽烟。

---

① 鲁伯特·布鲁克(Rupert Chawner Brooke,1887—1915),英国诗人。
② 《圣米歇尔故事》(*The Story of San Michele*),瑞典医生 Axel Munthe(1857—1949)所著回忆录。
③ A. J. 克罗宁(A. J. Cronin,1896—1981),苏格兰医生和小说家。
④ 选自华兹华斯诗歌《丁腾修道院》(*Tintern Abbey*)。

他看着父亲读报纸，看得很快，还很紧张，在页面之间翻来找去，仿佛在寻找某个不存在的东西，翻报纸时他翻得哗啦作响，然后给拍平。看完之后，他把报纸折叠成一个长条，开始做填字游戏。

母亲也崇拜莎士比亚。她认为《麦克白》是莎士比亚最伟大的剧作。"如果有什么能妨碍结果，那就可能，"她含糊其辞地背诵着，然后停下来，"继续他的成功。"她继续背道，点着头以保持节奏。接着又开始背："阿拉伯的所有香水都洗不了这只小手。"《麦克白》是她在学校学的戏剧。她读书时老师会站在她身后，掐她的手臂，直到把全段背诵下来。"Kom nou，维拉！"他会说，加油，维拉！然后掐她，她会再挤出几句。

母亲让他费解——她看上去很笨，他四年级的家庭作业她都帮不上忙，但她的英语完美无缺，写作时尤其如此——她的词语选择精当，语法完美无缺。英语是她的大本营，她在这语言里稳妥踏实。这是怎么回事呢？她的父亲叫皮耶特·威迈尔，纯粹是阿非利堪名字。在相册中，他穿着无领衬衫和宽檐帽，看起来和其他普通农夫没什么两样。他们住在尤宁代尔①地区，那里不说英语。所有的邻居似乎都姓佐恩达。她自己的母亲叫玛丽·迪比耶尔，双亲都是德国人，血管里没有一滴英国的血。可是，生了孩子后，她给他们取的都是英文名：罗兰、温妮弗雷德、艾伦、维拉、诺曼、兰斯洛特，并在家中和他们讲英语。她和皮耶特

---

① 尤宁代尔（Uniondale），南非西开普省小卡鲁地区小镇。

的英语是怎么学来的?

父亲的英语和她不相上下,只是带一点阿非利堪口音。他说"thirty"①时,听起来像"thutty"。父亲做填字游戏时,动不动就去翻那本《袖珍牛津英语词典》。他似乎对字典中的每个单词都略有所知,对习语也是一样。他津津有味地念那些生僻的习语:pitch in, come a cropper②,似乎是借此把它们记牢。

那本莎士比亚作品集中,他只看到《科利奥兰纳斯》的部分。他看报纸觉得很乏味,体育和漫画版例外。没东西看的时候,他会看那些绿皮书。"把绿皮书拿给我吧!"他在病床上跟母亲叫道。绿皮书是指亚瑟·米③的《儿童百科全书》,从他记事起就在,他们到哪儿这书就跟到哪儿。他已经通读了好几遍。还是个婴儿的时候,他从上面撕纸下来,用蜡笔在上面乱画,还把装订处扯坏,现在看起来得小心谨慎。

他实际并不看绿皮书:此书文字过于渲染,充满孩子气,他看起来不耐烦。他能看的是第十卷下半部,还有包含大量事实性信息的索引。但是他喜欢看书上的插图,尤其是几乎一丝不挂的男男女女大理石雕塑的插图。光滑而苗条的大理石女郎满足了他的色情梦想。

他的感冒很奇怪,说好就好了,至少看起来是好了。到早晨十一点,打喷嚏停了,鼻塞好了,整个人感觉良好。他

---

① thirty,三十。
② 意思分别是:投入其中,遭受重挫。
③ 亚瑟·米(Arthur Mee,1875—1943),英国作家、记者、教育家。

受够了带汗臭的睡衣,霉味的毯子,软塌塌的床垫,和到处都是的湿手帕。他从床上爬起来,但是没换衣服,不然他的好运不会长久。为避免邻居或路人见到告发,他不在户外露面,而是在家玩自己的"麦卡诺"组装玩具,整理集邮册,用线穿纽扣,或是用剩下的羊毛编带子。他的抽屉里尽是他编的带子。这些带子并无大用,除非用来作便袍的腰带,问题是他也没有便袍。母亲到他房间时,他尽量扮出蔫巴相,但预备着接受她的责骂。

大家全都觉得他在撒谎。他没法说服母亲说自己是真病。她允许他请病假时,也不是真心情愿,而是不知怎么去回绝他。他的同学觉得他是无病呻吟,是个妈宝。

不过他说的都是真的。他早晨醒来呼吸困难,连续几分钟的喷嚏能把他打到痉挛,末了他气喘吁吁,眼泪横流,简直痛不欲生。他这感冒可都是货真价实。

按照学校规定,缺课要带请假条来。母亲写的请假条总是一样,他都会背了:"请原谅约翰昨日没能上学。他患了重感冒,我认为最好让他卧床休息。此致敬礼。"他惴惴不安地把假条交上。写的母亲觉得他在撒谎,看的老师也觉得他在撒谎。

年底统计下来,他缺了三分之一的课。但是他的成绩仍然是全班第一。他得出的结论是,课堂上发生的事情并不重要,他总可以自己在家里补。要是他说了算的话,他宁可一整年都不去上学,大考的时候过去一下就行了。

老师讲的内容全来自课本。和同学一样,他也不为此轻视老师。老师偶尔袒露无知,他也不喜欢。如果可能的话,他随时会保护老师。老师讲课时他认真听讲。不过他认真听不是为了学习,而是怕开小差被老师逮住。("我刚才说什么了?能不能重复我刚才说的话?")他怕被这样揪住,当众出丑。

他坚信自己和别人不一样,有特异之处。只是他并不清楚自己到底哪里特异,自己在世上的目的是什么。他怀疑,自己既成不了亚瑟王,也不会成为亚历山大大帝,一生受人崇敬。直到他死后,世人才会意识到这世界上失去了什么。

他等待呼召。一旦呼召来临,他一定准备就绪。他会毫不迟疑地迎接呼召,哪怕慷慨赴死,就好比轻骑兵的冲锋①中的勇士那样。

他为人秉持的标准是 VC,亦即维多利亚十字勋章标准②。只有英国人才有 VC。美国人没有,俄罗斯人也没有。南非人当然没有。

他还注意到,VC 是母亲的名字缩写。

南非是一个没有英雄的国家。沃尔拉德·沃尔特迈德③也许可以算一个,只是名字滑稽了一点。一次又一次地冲入波涛汹涌的海里,拯救不幸的水手,这无疑是英雄壮举,但是这样的勇气,算在人身上,还是马身上?沃尔拉

---

① 这里指克里米亚战争巴拉克拉瓦战役中,由卡迪根勋爵(Lord Cardigan)带领英国轻骑兵向俄军发起的冲锋,结果英军失败。
② VC 的全拼为 Victoria Cross。
③ 沃尔拉德·沃尔特迈德(Wolraad Woltemade,约 1708—1773),南非奶农,1773 年 De Jonge Thomas 号船遇难,他骑马下水,救下十四名遇险水手后溺水身亡。

德·沃尔特迈德的白马坚韧不拔地冲入波浪之中的景象,他想来就几近哽咽。他喜欢"坚韧不拔"这个词,同义重复使之力度翻倍。

维奇·托维尔和曼纽尔·奥提兹争夺世界最轻量级冠军。拳击赛发生在星期六晚上;他和父亲熬夜听广播里的解说。在最后一轮,托维尔流血了,筋疲力尽,使尽力气向对方冲去,奥提兹倒了下去。观众疯狂了,解说员叫喊得嗓子都沙哑了。最后裁判宣布,南非的维奇·托维尔为新加冕的冠军。他和父亲兴高采烈地欢呼,互相拥抱。他不知道如何表达自己的喜悦。一激动抓住父亲的头发,用力扯动。父亲吃惊地后退了一下,用奇怪的眼神看他。

连续几天,报上登的都是拳击赛的照片。维奇·托维尔成了民族英雄。而他的快乐很快消逝了。托维尔击败奥提兹他仍感到高兴,但开始怀疑这是为什么。托维尔对他来说是谁?在橄榄球比赛中,他可以在汉密尔顿队和村民队之间选择,为什么到了拳击赛中,他就不能在托维尔和奥提兹之间自由选择?托维尔身材矮小,模样丑陋,背有点驼,大鼻子,小眼睛,眼球乌黑而空洞,名字也荒诞不经,可就因为他是南非人,就一定得支持他?彼此不相识,就因为同是南非人就需要相互支持吗?

父亲帮不上忙。父亲从来没说过任何令人惊讶的话。无论是橄榄球、板球还是其他任何比赛,他都不假思索地预测,和其他国家打是南非赢,和其他省份打是西部省赢。"你觉得谁会赢?"西部省和德兰士瓦比赛前的一天,他挑战父亲的预测。"西部省稳操胜券。"父亲的回答如钟表般恒定。他们收听收音机的转播,德兰士瓦赢了。父亲没有动摇。他说:"明年,西部省准赢。你等着瞧。"

在他看来,自己来自开普敦,就确信西部省赢,这是荒唐逻辑。还不如相信德兰士瓦赢,要是他们不赢,起码还可以收获一个意外惊喜。

他的手中保留着父亲粗壮短发的触感。这野蛮的行径仍让他困惑,让他不安。他过去从未这么随意接触父亲的身体。他希望这种事不要再发生。

十三

夜深了。其他人都在睡觉。他躺在床上,想着很多事。团聚公园的路灯彻夜不熄,在他的床对面投射出一道橙色的光。

他想起了那天早上集会时发生的一切,当时基督徒在唱赞美诗,犹太人和天主教徒则随意转悠。两个比他大的天主教男孩,把他堵在一个角落里。"你什么时候来参加教义问答?"他们追问。他撒谎说:"我不能去参加教义问答,星期五下午我要给我妈做事。"他们说:"不参加教义问答,你就不能算天主教徒。""我就是天主教徒。"他继续撒谎。

他在想,若是天主教神父来找他母亲家访,问他为什么从不去参加教义问答,那可就惨了。或者是面临另一个噩梦,校长宣布所有阿非利堪名字的学生都转学到南非语班上——如果这类噩梦变成现实,他别无选择,只能大哭大闹大发作。他知道这种婴儿做派仍在他体内,如同拧满的发条。等这阵暴风骤雨的发作结束,他将无可奈何地躲进母亲的羽翼之下,拒绝返校上学,乞求她来拯救自己——如果遇到了这种万劫不复的羞辱,他会以他的方式,母亲以母亲的方式,父亲以他嘲弄的方式,分别认识到他还是个不愿意长大的婴孩——如果他自己苦心经营起来,靠着多年正常行为支撑的个人形象,在众目睽睽下轰然倒塌,把那丑陋、黑暗、哭闹、婴儿化的内核展露出来,让所有人看到,让他成为笑柄,那么他还有脸继续活下去吗?这样的他,何异于那些身体畸形、发育迟缓、声音沙哑、口水拖得老长的唐氏综合征儿童?活成这样,还不如给些安眠药让其死掉,或者直接掐死。

家里所有的床都很破旧,床垫弹簧松了,稍微动一下就吱吱响。他静静地躺在窗外透过来的一缕灯光里,意识到自己在僵直地侧卧着,拳头紧握在胸前。在这样的沉默中,他试图想象自己的死亡。他把自己从一切中消除:学校,家里,母亲。他试图想象没有他的日子,这一切仍像车轮一样滚滚向前。但是他想象不了。总有一些小东西留下,很小很黑的东西,如坚果,如火烧过的橡子,干燥、灰暗、坚硬,无法生长,但依然存在。他可以想象自己的死亡,但无法想象自己的消失。不管他怎么努力,他都无法让自己消失得无影无踪。

是什么力量让他生存下来?害怕母亲悲伤吗?这悲伤难道这般不堪承受,他对它连转瞬即逝的念头都不可以有?(他看到她在一个空荡荡的房间里,静静地站着,手遮住眼睛;然后他就让她消失,让画面消失。)还是,他体内还有别的什么在拒绝死亡?

他记得有一次他被人逼到角落,那两个阿非利堪男孩把他双手反剪到背后,押他在橄榄球场远处一侧的土墙后走。他对块头大的那个男孩记得特别清楚。那男孩很胖,穿的衣服又紧,身上的肉四处挤出来——这种人不是白痴也近似白痴,他们能轻易拧断你的手指,或者掐断你的喉管,就跟拧断小鸟脖子似的,而且他们能够笑眯眯做这事。他很怕,这毫无疑问,他的心在怦怦跳。但是那种恐惧有多真实呢?他与押解他的人一起从地里走过时,他内心深处难道没有什么东西,开玩笑似的说,"没关系,没有谁能碰你,这只是再一次冒险而已"?

没有谁能碰你,你无所不能。这就是他的两个特质,二者其实是一回事,是他的长处,也是他的短处。这合二为一的特质,意味着他无论如何都不会死,但是否也意味着他无论如何都不会活?

他是婴儿。母亲抱起他,面朝前,手放在他胳膊下。他的双腿垂下,头低垂着,浑身赤裸。但母亲把他在面前举起来,走向全世界。她不需要看自己要去哪里,她只需跟随。她前进的时候,他面前的一切都变成石头,接着崩裂。他只是个婴孩,大大的肚子,懒洋洋的脑袋,但是他有不凡的力量。

然后他睡着了。

十四

开普敦来了电话。安妮姨婆在她罗斯班克公寓的台阶上跌了一跤,髋关节骨折,被送往医院,得有人来安排照顾。

此时正值七月中旬,属数九寒天。整个西开普省冷雨霏霏。母亲带他们兄弟俩乘坐早上的火车去开普敦,然后乘公共汽车沿着克洛夫街到达人民医院。安妮姨婆住在女病房,身着花睡袍,矮小如婴儿。病房里很挤:老年妇女满脸皱纹,神情愠怒,穿着睡袍在屋子里拖着步子来回走动,嘴里叽里咕噜;邋里邋遢的胖女人坐在床沿,表情茫然,乳房漫不经心地袒露出来;角落里的扩音器在播放跳羚广播电台的节目——现在是三点钟,请听下午点播节目,纳尔逊·瑞德尔和他的乐队演奏的《爱尔兰的眼睛在微笑》。

安妮姨婆用枯干的手握紧母亲的胳膊。"我想离开这地方,维拉。"她用嘶哑的声音低声说,"这里我住不惯。"

母亲拍拍她的手,试图安慰她。在床头柜上,有一杯给她泡假牙的水,还有一本《圣经》。

病房护士告诉他们,姨婆的髋骨已经固定。安妮姨婆得再花一个月时间静养。"她毕竟不是年轻人,养好需要一点时间。"康复之后,她必须拄拐杖。

117

病房护士想了想又补充道:安妮姨婆入院时,脚指甲像鸟爪一样,又长又黑。

弟弟闷了,开始抱怨自己口渴。母亲拦住一个护士,让她拿杯水来。他尴尬地把脸别向一边。

工作人员让他们去找社工。他们沿着走廊,来到社工办公室。"你们是亲戚吗?"社工问,"能不能把她接回家?"

母亲嘴唇紧绷,摇了摇头。

"为什么她不能回到自己的公寓?"他后来问母亲。

"她爬不了楼梯,也不能出去买东西。"

"我不想她和我们住一起。"

"她不会来和我们住一起。"

探视时间结束,该说再见了。安妮姨婆的泪夺眶而出,把母亲的胳膊抓得死死的,不掰都松不开。

"Ek wil huistoe gaan,维拉。"她小声说,我想回家。

"再过几天吧,安妮姨妈,等你能下地走路吧。"母亲尽量安慰她说。

他从未见识过母亲这欺骗的一面。

轮到他道别了。安妮姨婆伸出手。安妮姨婆既是他的姨婆,也是他的教母。相册中有张她的照片,怀里抱着一个婴儿,据说就是他。她穿着长及踝部的黑色连衣裙,戴着黑帽子。背景处是一座教堂。作为教母,安妮姨婆认为他们俩关系不一般。她似乎并没有意识到,他厌恶她满面皱纹躺在病床上的丑陋模样,他对整个病房区这些丑女人都感到厌恶。他努力不让自己的厌恶流露出来,他内心深处对自己充满羞耻。他硬着头皮让她把手放在自己胳膊上,他想离开,离开这个地方,再也不回来。

"你真聪明。"安妮姨婆用低沉而嘶哑的声音说,自从他记事以来,她一直是这种嗓音,"你是大小子了,你妈要靠你。你得爱你妈妈,支持她,也要照料弟弟。"

支持母亲?都胡说些什么!母亲就像一块岩石,一根石柱。怎能是他为她提供支持,应该她来支持自己才是!安妮姨婆为什么这样说话?她不过是髋关节骨折,但那口气像是在发布临终遗言。

他点了点头,表现出认真听讲、言听计从的样子,而骨子里他只想她把手放开。她露出那种意味深长的微笑,意思是她和维拉的长子之间有一种特殊的纽带,只不过他感觉不到这种纽带,也不承认这种纽带的存在。她的眼睛是浅蓝色,很暗淡,早没了神采。她八十岁了,几乎双目失明。即使戴着眼镜,也没法好好看《圣经》,只能将《圣经》放在膝盖上,嘴里念念有词。

她的手松开了一点,他嘴里嘟哝了几句话,然后退到后面。

轮到弟弟了。弟弟让她去亲吻。"再见,亲爱的维拉。"安妮姨婆嘶哑地说,"Mag die Here jou seën, jou en die kinders"——愿主保佑你和孩子们。

时间已是五点,天黑了。在一个陌生城市的交通高峰期,他们上了火车去罗斯班克。他们要在安妮姨婆的公寓里过夜:一想起来他就灰心丧气。

安妮姨婆没有冰箱。她的橱柜里只有几只干瘪的苹果,发霉的半块面包,还有一罐鱼肉酱,母亲不相信它还能吃。她打发他去印度商店,买来面包、果酱和茶,凑合着对付了一顿晚餐。

马桶上积的灰都成了棕色。想到长脚指甲的老太太在上面坐过,他就感觉恶心。他不想用它。

"我们为什么要在这里过夜?"他问。"我们为什么要在这里过夜?"弟弟也跟着问。"不为什么。"他的母亲冷酷地说道。

安妮姨婆为了省电,用四十瓦灯泡。在卧室昏黄的灯光下,母亲开始把安妮姨婆的衣服装进纸箱。过去他从未去过安妮姨婆的卧室。墙上有照片,都装在相框里,照片上的男女个个神情僵硬,让人望而生畏。他们都是他的祖先:布雷彻家族的和迪比耶尔家族的。

"她为什么不能和艾尔伯特舅公一起过?"

"因为凯蒂不能照顾两个生病的老人。"

"我不想她和我们住在一起。"

"她不会和我们住在一起。"

"那她要住在哪里?"

"我们会给她找到住的家。"

"你说家是什么意思?"

"这个家,这个家嘛,说的是老年之家。"

安妮姨婆公寓里他唯一喜欢的地方是储藏室。储藏室里旧报纸和纸箱一直堆到了天花板。书架上到处都是书,都是一样的:模样粗短,红色封套,里面的纸张是那种又厚又粗的纸,多为南非语图书所用,样子像是吸墨纸上粘上了糠皮或者苍蝇粪便。书脊上的短标题是:Ewige Genesing,

封面上的全名是 Deur'n gevaarlike krankheid tot ewige genesing,《从恶性顽疾到永恒治愈》。这本书是由他外曾祖父、安妮姨婆的父亲所写。他不止一次听说过此书的故事：安妮姨婆在这本书上花了几乎毕生精力，她首先将手稿从德语翻译成南非语，然后用她的积蓄支付斯泰伦博斯的印刷商，印了数百本并装订，然后开始向开普敦各家书店销售。可惜书店都没有兴趣出售，她就自己上门，挨家挨户销售。剩下没卖掉的，就放在储藏室的架子上。纸箱里装的是还未折叠装订的散页。

他试图阅读这《永恒治愈》，但是太无聊了。巴尔萨扎·迪比耶尔自己童年的故事还没说一点，就被打断，接着他连篇累牍地描述天空中有大光，有声音从天上向他说话这些。整本书似乎都是这样：关于自己的简短描述，紧接着长篇大论，说那声音告诉他如何如何。他和父亲一直把安妮姨婆以及她的父亲巴尔萨扎·迪比耶尔当笑料。他们用吟唱一样的声音，故意拖长元音，用说教的腔调念："Deur'n gevaaaarlike krannnnkheid tot eeeewige geneeeeesing。"从不治之顽疾兮，到永久之治愈兮。

"安妮姨婆的父亲疯了吗？"他问母亲。

"她很怕他。他是个可怕的德国老头，残酷无情，做事独断专行，所有的孩子都怕他。"

"但他不是已经死了吗？"

"是的，他死了，可是她仍觉得自己的义务没有结束。"

她不想评论安妮姨婆和她对疯老头的孝顺。

储藏室里最好玩的东西是压书机。它是铁打的，像车轮子一样结实而笨重。他说服弟弟把手放在压书机上，他转动螺丝，直到弟弟的手被卡住，抽不出来。然后他们掉换过来，弟弟卡他的手。

他在想，若是多转一两圈，骨头就会被压碎。为什么弟兄俩竟乐此不疲？在伍斯特的头几个月，他们受邀去为"标准罐装"供应水果的农场。大人喝茶的时候，他和弟弟在农场上闲逛。他们在那里看到了一台磨粉机。他说服弟弟把手放进漏斗，也就是喂玉米棒的口子，然后他开动机器。突然间，他能感到弟弟手指的小骨头，被齿轮压断了。他弟弟站在那儿，手拿不出来，痛得脸色煞白，表情充满困惑与疑问。

主人匆忙把他们送到医院，医生把弟弟左手中指切掉了一半。好一阵子，弟弟手包着绷带，胳膊系着吊带走来走去。再后来，他开始在手指残根上戴上黑色皮套。他当时六岁。没有人假装说他的手指还能长回来，可弟弟没有一句怨言。他从未向弟弟道歉，家里人也从来没有为这事责备他。但是，这个记忆很沉重。骨头的脆弱抵抗，然后是压碎。

母亲说："至少你应该感到骄傲，家族里终于有人有些出息，在身后留了点东西。"

"可你说他是个可怕的老头。你说他残酷无情。"

"是的，不过他一辈子总做了点事。"

在安妮姨婆卧室的照片上，巴尔萨扎·迪比耶尔表情呆滞，眼睛向前方凝视，嘴巴抿得紧紧的，其状严酷。在他旁边，他的妻子看上去模样疲惫而恼怒。巴尔萨扎·迪比耶尔来南非给异教徒传教时,遇到了身为传教士女儿的她。后来他去美国传福音,也把妻子和三个孩子一起带上。在密西西比河的浆船上,有人给了他女儿安妮一个苹果,她拿回去给他看。结果他说安妮竟敢跟陌生人说话,把她揍了一顿。他对巴尔萨扎的了解就这些一鳞半爪,还有那本笨拙的红皮书里的一些描述。那倒霉的书纯粹供过于求。

巴尔萨扎的三个孩子是安妮、路易莎(他的外婆)和艾尔伯特。在安妮姨婆卧室的相片上,艾尔伯特是个怯生生的男孩,身穿水手服。现在的艾尔伯特是艾尔伯特舅公,一个弯腰驼背的老人,煞白而松弛的皮肤,整个人像个蘑菇,颤颤巍巍,走路得有人扶。艾尔伯特舅公一生从未拿过像样的薪水。他花了很多时间写书写小说;他的妻子则一直外出工作。

他跟母亲问起艾尔伯特舅公的书。她说她很早以前看过,但是内容记不起来了。"它们很老套。现在的人都不这样看书了。"

他在储藏室里找到了艾尔伯特舅公的两本书,这些书印在与《永恒治愈》同样的厚纸上,但用棕色封皮装订,与火车站长椅的颜色相同。一本书叫《该隐》[①],另一本叫 Die Misdade van die vaders,《父亲的罪行》。"我可以拿走吗?"他问母亲。"肯定行。"她说,"拿走了也没人找。"

他尝试阅读《父亲的罪行》,但太无聊了,不到十页就看不下去了。

---

① 该隐是《圣经·创世纪》中第一个谋杀者。

"你得爱你妈妈,支持她。"他琢磨着安妮姨婆的嘱托。爱:他念整个字的时候带着厌恶。连他母亲都学会了不跟他说"我爱你",只不过晚上道晚安时,有时还不小心轻轻说出"亲爱的"。

他觉得爱毫无意义。电影上放起男女接吻,衬托着悠扬的小提琴声,他就会在座位上蠕动不安。他发誓永远不搞这些软绵绵、湿漉漉的玩意。

除了姑姑们以外,他不允许他人亲吻自己。对姑姑们网开一面,是因为她们只会这种问候。亲吻是他去农场付出的代价之一:他的嘴唇轻轻贴一下他们的嘴唇,幸运的是,每回嘴唇都是干的。母亲家的人不接吻。他也从来没有看到父母真正接吻过。有时候,因为他人在场,他们不得不装一下,父亲会亲吻母亲的脸颊。她无奈而恼怒地把脸颊凑过去,像是被强迫一样。他亲起来颇为紧张,只是蜻蜓点水地碰一下。

他只见过父亲的阴茎一次。那是在 1945 年,父亲刚从战场回来,全家都聚集在百鸟泉农场。父亲弟兄三人带着他去打猎。那天很热,到了一个水池后,他们决定游泳。他看到他们是要裸泳,便打退堂鼓,但他们不同意。他们很开心,开着玩笑,要他把衣服脱下来一起来游,可是他就是不干。于是,他看到了所有三个人的阴茎,父亲的看得最清楚,那模样很苍白。他清楚地记得当时多么厌恶看到它。

父母亲分床睡觉。他们家从来没有双人床。他看到的唯一一张双人床在农场里,在主卧室,他的祖父和祖母曾经在这里睡觉。他觉得双人床比较老式,用双人床的那年头,妻子们就跟母羊母猪似的,一年下个崽。他很感激,父母在他开悟之前,就不做那事了。

他愿意相信,很久以前,在他还没有出生的时候,在维多利亚西部,父母是相爱的,没有这爱情,似乎也不会结婚。相册中有的照片能证明这一点。有的相片上,两个人一起去野餐,坐下来挨得很近。不过所有这些应该在很多年前就结束了,就他而言,这样的结局更好。

至于他,他对母亲那强烈而愤怒的情绪,与银幕上、放映机前那湿漉漉的接吻有什么关系?母亲爱他,他无法否认。但这恰恰是问题所在,这恰恰是她对待他的态度上不对劲的地方,而不是合理之处。她的爱首先表现在她的警觉上。一旦他遇到危险,她会随即出手拯救。如果他选择(但他永远不会这样做),他可以放松戒备,由着她来照顾,让她终生来负担。他肯定她时刻都有这种护崽之心,所以不敢放松戒备,不敢稍有松弛,以免给她可乘之机。

他渴望摆脱母亲的关注。或许他要面临这样的时刻:他要壮起胆子,突然拒绝她,让她在吃惊之下退后,把他放开。可是他得想象出这样的时刻,想象她吃惊的模样,感受她的伤痛,这样一来,他已经满心内疚了。他会做任何事情来减轻打击:安慰她,保证他不会离开。

他感觉到她的伤痛,亲密无间地感受到,就好比他是她身体的一部分。他知道他跌入了一个无法自拔的怪圈。这是谁的错?他责怪她,对她感到生气,可是他也为自己的忘恩负义感到羞耻。爱:这才是真正的爱,他在笼子里来回奔波,就像一只可怜而迷惑的狒狒。天真无知的安妮姨婆懂个什么爱呢?对于世界,他的了解是姨婆的一千倍。姨婆的一生,被她自己父亲的那本疯狂的小书给葬送了。他的心苍老了,又黑又硬,如若石头。这是个可耻的秘密。

十五

母亲只上了一年大学,然后不得不辍学让给两个弟弟。父亲有律师执业牌照,但母亲说,他们手边的钱不够,只得在"标准罐装"公司上班,攒够钱开自己的事务所。他指责父母没有把他当正常孩子抚养大,但他为父母受过的良好教育感到自豪。

因为他们在家里说英语,他的英语考试总是全班第一,所以他把自己想成了英国人。他的姓是阿非利堪姓氏,父亲身上的阿非利堪血统多过英国血统,他自己的南非语说得全无英语口音,但是他就是无法混同于阿非利堪人。他的南非语词汇贫瘠,内容空洞,真正的阿非利堪男孩的语言中不仅荤话一堆,其他习语和典故也是气象万千,他根本都没有登堂入室。

阿非利堪人还有一个共同点,那就是粗蛮、顽强,还有一种体力上的胁迫感,在他眼中,他们形同犀牛,巨大、笨拙、健硕,互相路过时大家撞来撞去。这些特质他没有,也敬而远之。伍斯特的阿非利堪人用起自己的语言,如同挥动大棒上阵杀敌。在大街上遇到成群结队的阿非利堪男孩,最好避开,他们就是单独在外,也是随时找人来揍的模样。有时候早晨在操场上排队时,他会扫视那些阿非利堪男孩,想从中找个与众不同的,和善一点的,但就找不到。他无法想象自己落到他们中间什么下场。势必羊落虎口,气势全灭。

不过,他自己都吃惊的是,他并不愿意把南非语向他们拱手相让。他还记得他四五岁的时候,第一次去百鸟泉农场,他还一句南非语都不能讲。弟弟那时候还小,成天关在屋内不见阳光。除了阿非利堪小孩,就找不到别的玩伴。他和这些小伙伴一起,把豆荚做成小船,让它们顺着灌溉渠漂流。不过他更像个哑巴了的动物,很多话他只能比比画画地表达,有时候,表达不上来的话太多,他堵得都快要爆炸。但是突然有一天,他发现自己能轻松开口了,说得还挺流利,也根本不需要停下来想。他仍然记得自己向母亲冲过去,大喊着:"你听!我也能说南非语了。"

他开始说南非语之后,生活的种种复杂,顿时烟消云散。南非语如影随形,他想躲进去就躲进去,随时摇身一变,成为更简单、更快乐、步伐更轻快的人。

英国裔的人瞧不起阿非利堪人,这也是他对英裔失望的一点。他们扬起眉毛,并以错误的发音说南非语。好像将 veld① 中的首字母按照 v 来发音,是某种绅士的标志。他听到了会退避三舍:他们说得不对也就罢了,那发音简直滑稽可笑。他说南非语时会不退不让。即便在英国裔当中,他说起南非语的单词也不克斤扣两,硬邦邦的辅音也

---

① veld,南非语"大地"的意思。

好,饶舌的元音也好,他都说得饱满到位。

班上除他之外,还有其他几个阿非利堪姓的同学。可是在南非语班上,却没有英国姓的学生。上高中时,他在阿非利堪班上认识了一个姓"史密斯"的同学,但无非是"斯米特"的变异罢了。这很可惜,不过也可以理解。有哪位英国男人会娶阿非利堪女子,组一个阿非利堪家庭呢?阿非利堪女人要么丰乳肥脖,状若牛蛙,要么骨瘦如柴,不成人样。

他感谢上帝,母亲会说英语。父亲张口莎士比亚,闭口华兹华斯,还能玩《开普时报》的填字游戏,但是他仍对父亲深表怀疑。他不明白,为什么父亲继续在伍斯特坚持做英国人,说实在的,去说南非语才顺其自然。他听到父亲兄弟几个人说起在艾伯特王子镇的童年时光时,与伍斯特的阿非利堪式生活并无二致。无非也是挨揍与裸体这些主题。他们还一样喜欢在其他男孩面前卖弄身体的某些能耐,此时他们会和动物一样,对隐私基本无感。

想到自己变成一个阿非利堪男孩,头剃光,打赤脚,他就毛骨悚然。这就像去坐牢,去过没有隐私的生活了。没隐私他没法活。如果他是阿非利堪人,就会不分昼夜,时刻和他人在一起。他没法想象这样的日子怎么过。

他记得参加童子军野营的那三天,他很是受罪,时时刻刻想溜回帐篷去看书,但总难如愿。

有个星期六,父亲打发他去买烟。他可以骑车赶到镇中心,去带橱窗和收银机的正规商店。他也可以去铁路交叉口附近的阿非利堪小店。所谓小店只是屋后的一个小房间,柜台涂成深褐色,架子上几乎什么也没有。他选择去更近的地方。

那天下午天很热。店里有干咸肉条从天花板上挂下来,苍蝇到处都是。他正要跟柜台后面比他大的阿非利堪男孩说话,说自己要买二十支筒装跳羚牌香烟,突然有苍蝇飞进他嘴里。他厌恶地吐出来。苍蝇躺在他面前的柜台上,在他的唾液里挣扎。

"Sies!"①另一位顾客说。

他想抗议:"那我该怎么办?不能吐出来吗?难道要把苍蝇吞下去?跟我们小孩计较!"但对这些无情的人来说,解释纯属白费口舌。他用手把柜台上的唾液擦掉,在厌恶的沉默中,把钱付掉。

说起农场的过去,父亲兄弟几人就会谈起自己的父亲。"'n Ware ou jintlman!"他们说,一位真正的老绅士,然后又把这话颠来倒去,边说边笑:"Dis wat hy op sy grafsteen sou gewens het:一位农夫和一位绅士。"——应该把这说法刻在他墓碑上才是。他们之所以大笑,是因为农场上其他所有人都穿着浅色短帮皮鞋,他们的父亲仍在穿长马靴。

母亲听着他们的聊天,间或嗤之以鼻。"别忘了你们几个多怕他吧。""你们后来成年了,都还不敢在他面前点烟。"

她说到了他们的痛处,他们尴尬地打住不说了。

---

① 南非语表达恶心的说法。

所谓绅士风度的祖父不仅拥有农场,还拥有弗雷泽堡路酒店和杂货店的一半股份,在麦威维尔还有一幢房子,房前有旗杆。国王生日那天,旗杆上会升起英国国旗。

"'n Ware ou jintlman en'n ware ou jingo!"兄弟们会说:真正的老爱国斗士!他们又笑了。

母亲说他们的话没有错。他们说这些,就好比调皮的孩子背后说父母一样。无论怎样,他们有什么权利取笑自己的父亲?可是他们不跟他说英语,否则就跟伯茨和尼格里尼一样,显得笨拙沉重,除了绵羊和天气就找不到别的话题。至少他们一家聚会时,大家有说有笑,语言混杂,而尼格里尼和伯茨们来访时,话题立刻就严肃且沉闷起来。"Ja-nee."①伯茨家的人会叹着气说。"Ja-nee."库切家的人也说,并祈祷他们的客人快点离开。

他自己呢?如果他尊敬的祖父是爱国斗士,他自己一定也是了?小孩可以成为爱国斗士吗?每当放映机里播放《天佑国王》,或是屏幕上飘起英国国旗时,他都站起来,保持立正姿势。风笛音乐,以及坚定、勇猛这些词,会让他一阵战栗。他对英国的依恋,是否需要保密?

他不明白为什么周围这么多人不喜欢英国。英国意味着敦刻尔克和不列颠之战。英国只不过在履行自己的义务,一不声张,二不多事。英国就是日德兰海战②中的男孩,就是甲板在脚下燃烧,他依然挺立在自己的枪炮边。英

---

① Ja-nee 是南非语中不置可否时的一种语气词。
② 日德兰海战是 1916 年英德在丹麦日德兰半岛附近的一次大型海战。

国就是湖中长大的兰斯洛特爵士,是狮心王理查一世,和手持紫檀长弓、身着林肯绿的罗宾汉。阿非利堪人拿什么跟他们比?是骑马让马赴死的迪尔克·乌尔斯①吗?要不就是皮耶特·拉提耶夫,被丁冈给耍了,结果移民先驱疯狂报复,屠杀成千上万手无寸铁的祖鲁人,并为此自豪。

伍斯特有一个英格兰教会的教堂,还有个牧师。牧师花白头发,用烟斗吸烟。他还是童子军领队,他班上有一些英国后裔的男孩——这些是正统的英国后裔,有英文姓氏,住在绿荫成片的老城区——亲切地称他为 Padre②。英国人这么说话时,他就沉默了。英文他轻松掌握,他觉得他也忠于英国和它所代表的一切。不过,想被认可为真正的英国人,仅有这些显然还不够,还有一些考验,其中有一些他未必能够通过。

---

① 迪尔克·乌尔斯(Dirkie Uys,1823—1838)是牛车大迁徙领袖彼得·乌尔斯(Piet Uys)的儿子,在与祖鲁人作战时,因返回营救父亲,战马被扎伤,父子一起被刺死。死时年仅15岁。
② 西班牙语,称呼父亲或神父。

十六

好像有什么事情通过电话安排好了,他不知内情,但是感到不安。他不喜欢看到母亲露出喜悦而神秘的微笑,这意味着她在插手他的事务。

再过几天,他们就要离开伍斯特了。这也是一学年中最舒服的时候,考试结束了,也没有别的事要做,只要帮老师填填成绩单就好了。

古维斯先生这时候会把成绩一项项报出来,同学们按照学科,将分数相加,得出百分比。同学们在做这事的时候争先恐后地举手。大家玩的游戏是猜这些分数分别属于哪些同学。他能认出自己的分数:他的算数单项成绩通常是九十多甚至一百,而历史和地理则在七八十分上下徘徊。

他不喜欢死记硬背,所以历史地理成绩不好。他对这死记硬背可以说深切痛恨,这两门课他总是临时抱佛脚,到考试之前的那天晚上甚至当天早上才复习。历史教科书他见到就烦。此书是那种巧克力色的封皮,上面罗列着各种事件的成因——拿破仑战争的成因、大迁徙的成因。历史书作者是塔尔贾德和舒尔曼。在他的想象中,塔尔贾德瘦而干瘪,舒尔曼肥胖、秃顶、戴眼镜。他们在帕尔某个屋子里，一人坐一头，写着这些气急败坏的文字，然后互相传阅。他搞不懂他们干吗用英文写这书，除非是为了警戒"英格利希"的臭小子，让他们吃点亏。

地理也好不到哪里去。各种城镇名单，河流名单，产品名单。他被叫起来列举某个国家的产品时，结尾总是说皮革、皮毛，希望自己能撞对。对于皮革和皮毛的差别，他和同学都搞不清。

至于其余的考试，他说不上多期待，可是该考的时候他倒也心甘情愿。他擅长考试。如果没有考试的话，他的特别之处就屈指可数了。考试让他进入亢奋状态，他写起答案来下笔如有神。他不喜欢这种状态本身，但这状态招之即来，也让他感到欣慰。

有时，他将两块石头相撞并深呼吸，也可激发出这种状态：这种气味，这种感觉，它含有火药、钢铁、热量，还有血管的跳动。

上午课间休息时间，古维斯先生提议他课后留下，他终于明白了那次电话是怎么回事，也明白母亲为什么会神秘微笑了。古维斯先生给人感觉有些虚假，还有一种让他并不相信的友好。

古维斯先生请他下午去他家喝茶。他愣愣地点点头，记住了地址。

这事他并不情愿。倒不是他不喜欢古维斯先生。如果说他对古维斯先生不及对四年级的桑德森夫人那么信任，那仅仅是因为古维斯先生是男的，而且是他的第一位男老师。他警惕男人的一些共性，包括性情的浮躁不安，难以抑制的粗野,以及对残忍的偏好。他不知道如何和古维斯以及其他男性打交道:是拒之门外呢,恭维巴结呢,还是以装笨应对呢?女人友善得多,也好打交道一些。不过古维斯先生——他不能否认——还是挺公道的。他的英语水平极高,对英国裔男生并无成见,若有男孩是阿非利堪家庭出身,却想当英国人,他也不会心存芥蒂。他经常请假,有一回请假时,古维斯教授教他们分析谓语补语。他难以在谓语补语的知识点上跟上其他同学。如果谓语补语像成语一样毫无意义,那么其他男孩也一样不懂。但是其他男孩或其中大多数,好像都已经轻松掌握了谓语补语。他不得不承认:古维斯先生对英语语法的了解多过自己。

古维斯先生和其他老师一样,喜欢用教鞭抽人。不过,如果班上吵闹了很久,他还有个新鲜的惩罚方式。他会叫所有人放下钢笔,把书合上,手交叉在脑后,保持身体纹丝不动。

除了古维斯先生来回走动的脚步声之外,屋子里鸦雀无声。操场四周的桉树中鸽声咕咕,周围同学呼吸轻柔——这样的惩罚,他是可以沉着应对的。

古维斯先生住的迪萨路也在团聚公园,属城区向北延伸的部分,这地方他还没来过。古维斯先生不仅住在团聚公园,骑着宽胎自行车去学校,他还有个妻子——一个相貌平平的黑肤女子。更令人吃惊的是,他也有两个小孩子。他在迪萨路11号客厅里发现了这些奥秘。客厅里早有司康和一壶茶在桌上等候。正如他所担心的那样,他终于独自一人和古维斯先生在一起,不得不说些客套话了。

135

情况越来越糟糕。古维斯先生已经松下领带,脱掉夹克衫,穿着短裤和土黄色袜子。古维斯先生是想向他证明,学年业已结束,他也马上就要离开伍斯特,他们两个不如以朋友身份相待。实际上,他一直暗示,他们一个是老师,一个是班上最聪明最出众的学生,全学年下来他们一直都是朋友。

他坐立不安,身体僵直。古维斯先生让他再吃个司康,他谢绝了。"别客气呀!"古维斯先生微笑着,依然把司康放在他盘子里。他巴不得离开。

他本来想带着美好的回忆离开伍斯特。他准备在记忆之中,给古维斯先生留下一席之地,不会让他和桑德森夫人平起平坐,但也差不太远。现在这个计划全被古维斯先生打乱了。他真不希望是这个结局。

放在他盘子上的第二个司康他没有动。他不想再装了,开始执拗地一言不发。"你是要走了吗?"古维斯先生问。他点点头。古维斯先生站起来,陪他到前门。这前门堪称白杨大道12号大门的翻版,连上面的铰链转起来也发出一样的刺耳高音。

好歹古维斯先生没和他握手,或是做其他荒唐事。

他们即将离开伍斯特。父亲认定,他的未来到底还是不在"标准罐装"公司,他还说公司在走下坡路。他打算重返法律界。

办公室给他开了个欢送会,回来的时候,他戴了块新表。此后不久,他独自出发前往开普敦,留下母亲监督搬家。母亲雇了个名叫拉提耶夫的承包商,一番讨价还价之后,对方以十五镑的价格搬运他们的所有家具,还让母子三人坐车前座跟货走。

拉提耶夫手下把东西装进车子,母亲和兄弟俩也上了前座。他最后在空屋里转了一圈,与之道别。前门后面是伞架,通常会装有两个高尔夫球杆和一个手杖,现在里面空空的。"他们把伞架忘了!"他叫道。"上车吧!"母亲喊道,"旧伞架就别管了!""不行!"他叫道,直到搬家的人把伞架也搬上,他才肯走。"Dis net'n ou stuk pyp",拉提耶夫抱怨道,只不过是根旧管子。

他终于明白,被他认为是伞架的东西,不过是一根下水道管子被母亲漆成了绿色而已。他们要把它带到开普敦,另外带的还有一块哥萨克睡过、上面满是狗毛的垫子,成卷的扎鸡笼用的铁丝网,发射板球的自制机器,以及刻有摩尔斯电码的木桩。拉提耶夫的面包车吭哧吭哧经过贝恩斯峡谷大道①时,感觉就像诺亚方舟,带着来自他们旧生活的棍子和石头,奔向未来。

在团聚公园,他们的房子每个月房租十二镑。父亲在普莱姆斯特德②租的房子月租二十五镑。它位于普莱姆斯特德的边缘,前面就是大片沙地和荆棘,他们来了一个礼拜之后,警察就在那里发现了一个用牛皮纸包着的死婴。朝

---

① 贝恩斯峡谷大道(Bain's Kloof Pass)是西开普省一条山中修建的道路,被认为是南非史上最伟大的道路工程之一。
② 普莱姆斯特德(Plumstead),开普敦南边市郊居住区。

另外一个方向步行半个小时,就是普莱姆斯特德火车站。他们的房屋本身是新建的。艾维拉蒙德路的所有房子都是新建,清一色落地窗和镶木地板。门翘曲了,锁锁不上,后院一片瓦砾。

隔壁住着一对刚从英国来的夫妻。男的总是在洗车。女的穿着红色短裤,戴墨镜,大部分时间躺在阳台椅子上,给自己又白又长的大腿晒日光浴。

家里的当务之急是给他和弟弟找到学校。伍斯特是男女分校,开普敦则不同。开普敦有几所学校可选,学校水平参差不齐,想进好一点的学校得有关系,他们也没多少关系。

后来借舅舅兰斯的影响,他们在朗德博斯男子高中找到了面试机会。他穿着整齐的短裤和衬衫,打着领带,套着海军蓝的西装外套,胸前口袋上别着伍斯特男子小学的徽章,和母亲一起,坐在校长办公室外面的长凳上。轮到他们时,他们被带进一个墙面镶板的房间里,墙上满是橄榄球队和板球队的照片。校长只问母亲问题:他们住在哪里,父亲做什么?接下来就是他一直在等待的时刻。她从手提袋里拿出成绩单,证明他的成绩全班第一,这骄人成绩该帮他开启新的机会。

校长戴上老花镜。"看来你是全班第一啰,"他说,"不错,不错!不过这里不会这么容易。"

他原指望校长考考他,例如血河战役①发生在哪年哪

---

① 血河战役(Battle of the Blood River),1838年12月,祖鲁人和大迁徙阿非利堪人之间发生的战争。

月哪日？如果要考他心算就更好了。不过什么也没考,面试就结束了。"我不能担保,"校长说,"我们把他放候补名单上,希望有学生退出。"

他的名字上了三所学校的候补名单上,都没有结果。看来伍斯特的第一在开普敦算不了什么。

万不得已就只能去天主教学校圣约瑟学校。圣约瑟没有候补名单,任何人给钱就可以上。非天主教徒的学费是每季度十二镑。

这一番经历,让他和母亲深切体会到,在开普敦,什么阶层的人上什么样的学校。圣约瑟的学生就算不是来自最底层,也差不了太多。母亲为没让他上好学校感到苦闷,他却没受到多大影响。他不知道自己属于哪个阶层,在哪里最适应。目前他得过且过,知足常乐。关键是他没有被送往阿非利堪学校,一辈子像阿非利堪人那样生活。这个威胁的消除才是最为重要的。他可以松口气了。他甚至不必假装自己是天主教徒了。

真正的英国裔不上圣约瑟学校。在朗德博斯的街道上,他每天都能看到真正的英国裔上学放学,他羡慕他们直直的金色头发,金色皮肤,他们的衣服不大也不小,他们的神情不卑也不亢。他们轻松自如地彼此打趣(他从公立学校看的故事里学会了这个词),身上没有他过去常看到的那种喧嚣和笨拙。他并不想加入到他们中间,但他密切关注着他们,试图从他们身上学点什么。

教区学堂的男生是所有学生中最英国化的,都不屑于和圣约瑟学校的孩子们打橄榄球或板球,他们住在一些高档社区，远离铁路，名字他听说过，诸如毕晓普科特、菲恩伍德、康斯坦西亚之类，但从未去过。他们的姐妹上霍谢尔和圣赛普瑞恩这种对她们百般呵护的学校。在伍斯特，他很少正眼看女孩。他的朋友们似乎只有兄弟，没有姐妹。现在，他第一次瞥见英国裔的姐妹们，一个个金发碧眼，貌美如花，不似来自人间。

要想8:30准时赶到学校，他需要在7:30之前离开家，走半个小时到车站，乘十五分钟火车，再从车站步行五分钟，他还得预留十分钟以防耽搁。不过他很害怕迟到，于是7:00就离开家，8:00赶到学校。他到的时候，看门人刚把教室的锁打开，他可以趴在桌子上等着。

他做过各种噩梦：看错表、错过车、拐错弯，然后在梦中绝望地哭醒。

比他提前到校的男生只有德·弗里塔斯兄弟。他们的父亲是食品杂货商，开一辆破烂不堪的蓝色卡车，每天早晨黎明时就把兄弟俩送来，然后去盐河农贸市场。

圣约瑟的老师属于马利亚修道会。修士们身穿黑修士袍，袜子浆洗得发白，在他心目中他们都是特别的人。他们的神秘气质给他留下了深刻的印象，他寻思他们来自何方，抛弃了什么本名？他不喜欢看到板球教练奥古斯丁弟兄像普通人一样，穿着白衬衫黑长裤，脚踏板球靴就来练习。换奥古斯丁弟兄击球时，他会迅速在裤下套上叫"护裆"的护套，这让他看到尤为不爽。

他不知道修士们不教书时做什么。他们在楼的另外一侧饮食起居，旁人无从进入，他也不想打扰他们的清静。他一厢情愿地认为，他们应该在那里过着简朴的生活，早上四点起床，花几个小时祈祷，吃很少一点东西，有空缝补自己的袜子。他们表现不好时，他会尽力为他们开脱。亚历克西斯弟兄是个胖子，胡子拉碴，喜欢放屁，还在南非语班上打瞌睡。他跟自己解释说，亚历克西斯弟兄聪明过人，只不过是来这里教书太屈才。让·皮埃尔弟兄据说对小男生图谋不轨，被调离初中宿舍，他则把此事置之脑外。修士们有性欲而不能节制，他是无法理解的。

很少有修士以英语为母语，学校于是请了个平信徒来教英语课。惠兰先生是爱尔兰人，反感英国人，对新教徒的厌恶溢于言表。他不认真地念阿非利堪名字，念时嘴唇厌恶地噘起来，好像这些名字是异教徒的废话。

英语课大部分时间在上莎士比亚的《裘力斯·恺撒》。惠兰先生的教学方法是给每个男生分派一个角色，让其分别大声朗读。他们根据语法教科书做些练习，还每周写一篇作文。他们有三十分钟时间写作文，然后上交。惠兰先生不愿意把工作带回家，所以用余下的十分钟改作文。这十分钟的修改，成了他一堂课上的拿手好戏，同学们都带着崇敬，笑眯眯地看着。只见惠兰先生把蓝铅笔拿到手里，一堆作文飞速翻过，然后叠起来，交给班长。这时候班上会爆发出一阵谨慎且带嘲讽意味的掌声。

惠兰先生的名字叫特伦斯。他穿着棕色皮夹克外套，戴着帽子。天冷时，他在室内都戴着帽子。他搓着两只苍白的手取暖。那脸白得像死尸。他似乎对南非的一切都不感冒。大家不明白他在南非干什么,为什么不回爱尔兰去。

他在惠兰先生课上写的作文话题包括马克·安东尼的人物刻画、勃鲁托斯人物刻画、道路安全、体育、自然。① 他的论文大多没什么意思,纯属机械应付。但偶尔他在写作时会思如泉涌,下笔千言。他的一篇作文中,一个拦路抢劫的土匪在路边埋伏。他的马轻轻打着响鼻,呼出的气在寒风中成为白雾。一缕月光像一道斜线,划过他的脸。他将手枪握在外套的襟摆下,保持弹药干燥。

土匪并没有给惠兰先生留下深刻印象。惠兰先生苍白的眼睛从纸上一扫而过,用铅笔打了 6.5 分。6.5 分是他常拿到的分数,他的分数不超过 7 分。英文姓名的男孩能得 7.5 或 8 分。有位同学名字滑稽,叫西奥·斯塔夫罗普洛斯,拿了 8 分,因为他衣着整洁,而且还上过口才课。西奥还总能分到马克·安东尼的角色,这意味着他可以朗诵全剧中最著名的演说:"朋友们,罗马公民们,同胞们,听我说来。"

在伍斯特,他上学时心里忐忑,但也有兴奋。没错,他的欺骗随时都可能被戳穿,后果不堪设想。不过学校也是个让人着迷的地方:在每日的庸常之下,各种残酷、痛苦、仇恨暗流涌动,花样翻新。发生的一切是错误的,不应该发生。他还太小,太稚嫩,太脆弱,无从消化他所接触的一切。不过,伍斯特那些日子里的激情和喧嚣让他痴迷。他看到

---

① 马克·安东尼(Mark Antony)和勃鲁托斯(Brutus)都是古罗马时期的政治家,出现在《裘力斯·恺撒》中。

了震惊,可是又贪心地希望看到更多,希望看个透彻。

在开普敦则相反,他觉得他在浪费时间。学校不再是充满激情的地方。这是一个萎缩而渺小的世界,像个无甚大碍的监狱。每天例行公事地去上课,效果不比编篮子打发时光好多少。开普敦并没有让他聪明起来,反而让他更蠢了。这样的认识,让他心里涌起一阵恐慌。他的真正自我,本应从童年的灰烬里升起来,可这个角色无法出生,长期保持在弱小和受压制的状态。

在惠兰先生的课堂上,他感到最为绝望。他本可以写更多更好的作文,可是惠兰先生并不允许。在惠兰先生的教学当中,作文不是让人伸展羽翼放纵才情,而是蜷缩在一个球里,以收敛平稳为要务。

他根本不想写体育(mens sana in corpore sano[①]),或者公路安全,这些话题都无聊得要死,他写起来搜肠刮肚。他其实都不想写拦路抢劫的土匪:他感觉,掠过他们脸庞的一缕月光,他们手握枪托关节发白这些说法,即便一时能让人有所印象,也不是来自他自己,这些说法不知是从什么地方搬来的,而且已经发蔫的发蔫,发霉的发霉。如果他真要写,而且读者不是惠兰先生的话,他会写些阴暗的东西,一旦写起来就洋洋洒洒,如打翻的墨水。如同挥洒纸面的泼墨,如同阴影掠过平静的水面,如同闪电刺破长空。

学校还给惠兰先生分配了一项任务,在天主教学生做教义问答时,他负责安顿六年级学生。惠兰先生本该和他

---

① 拉丁语,大意是健康体魄孕育健康思想。

们一起阅读《路加福音》或《使徒行传》。可是他们老听他老调重弹地讲帕内尔①和罗杰·凯斯曼②以及英国人是如何奸诈阴险。有时候他会带着当天的《开普时报》过来,对俄罗斯在其卫星国的所作所为怒不可遏。"他们的学校里,课程都是按照无神论编的,小孩子被迫对救主吐痰,"他大发雷霆,"你们相信吗?那些可怜的孩子如果忠于信仰,会被流放到西伯利亚,关进臭名昭著的劳改营里。这就是他们的本来面目,他们居然有脸说自己是人民的宗教。"

他们从惠兰先生这里听到了俄罗斯的消息,而从奥托弟兄处听说了其他国家对基督徒的迫害。奥托弟兄不像惠兰先生,他很安静,容易脸红,想让他讲故事得连哄带骗。但他的故事更具权威性,他毕竟真正去过外国。"是的,我亲眼所见,"他用磕磕绊绊的英语说,"人们被关在很小的牢房里,被锁住了,无法呼吸,最后死了。我亲眼看过的。"

男生们在背后叫奥托弟兄"假外国佬"。对他们来说,奥托弟兄口中的外国,或惠兰先生口中的俄罗斯,不比扬·凡·瑞贝克或大迁徙更真实。实际上,扬·凡·瑞贝克和大迁徙好歹在六年级的课程表上列了,而共产主义没有,因此俄罗斯等国发生的事基本没什么重要。这些只是让奥托弟兄或惠兰先生开口的引子罢了。

他自己很困惑。他知道老师的故事一定是在撒谎。他们干吗那么残忍?但是他也没有办法证明自己的想法。想

---

① 帕内尔(Charles Stewart Parnell,1846—1891),爱尔兰民族主义者,政治家。
② 罗杰·凯斯曼(Roger Casement,1864—1916),爱尔兰政治家。

到自己被迫坐着听这些废话,他火冒三丈,可为谨慎起见,他也不去抗议,也没有表达不同看法。他自己看过《开普时报》,知道同情那些国家是什么下场。他不想戴上友好人士的帽子,被社会隔绝。

尽管惠兰先生不太热衷于给非天主教徒教授《圣经》,但他也没有完全忽略福音。他从《路加福音》中念道:"有人打你这边的脸,连那边的脸也由他打。① 耶稣这是什么意思?是不是说我们应该拒绝捍卫自己的权利呢?是不是要我们变成娘娘腔?当然不是。如果有人找上门来欺负,耶稣的意思是说,不要被激怒。解决争端未必只能靠拳头,还有更好的办法。

"因为凡有的,还要加给他,叫他有余。没有的,连他所有的也要夺过来。② 耶稣是什么意思?是不是说只有放弃所有,才能获得拯救?不,如果耶稣要我们穿破衣服,他会直接这么说的。耶稣用寓言说话。他告诉我们,真正相信的人将得到天国的奖赏,而不信的人,将在地狱里被永久惩罚。"

他想知道,在向非天主教徒宣讲教义之前,惠兰先生有没有请示过修士们,尤其是学校财务长、负责收学费的奥迪洛弟兄。作为平信徒,惠兰先生显然认定非天主教徒是异教徒,罪无可赦,而修士们自己倒是宽容多了。

他对惠兰先生的《圣经》课处处看不顺眼。他确信惠

---

① 来自《路加福音》6:29。
② 来自《马太福音》25:29。

兰先生不了解耶稣寓言的真谛。尽管他本人一直是无神论者,他感觉自己对耶稣的了解都超过了惠兰先生。他不是特别喜欢耶稣——耶稣动不动发脾气——不过他愿意容忍耶稣。至少耶稣没有假装自己是上帝,而且他在还没做上父亲之前就去世了。这就是耶稣的力量;耶稣的大能就是这么保持的。

不过《路加福音》中有一部分他不喜欢听人读出来。读到这里时,他就僵直起来,耳朵闭塞住。有女子到坟墓里,膏耶稣的身体。耶稣不在那里。她们看到了两个天使。"为什么在死人中找活人呢?"天使说,"他不在这里,已经复活了。"①他知道,如果他不蒙起耳朵,听到这些话的话,他一定会站在椅子上,得胜一般又喊又跳。他会永远成为他人的笑柄。

他不觉得惠兰先生对他有什么恶意。不过,他英语课考试最高的成绩是 70 分。得 70 分就没法在英语课上当第一了,一些老师更喜欢的同学轻松将他打败。他的史地学得也不好,现在学这些更觉得无聊。只有在数学和拉丁语方面的高分,才让他名列榜首,领先于班上最聪明的瑞士男孩奥利弗·马特。

奥利弗也是个劲敌,他过去曾暗中发誓一定要拿第一回家,现在维护这荣誉成了艰难挑战。他没有跟母亲说过,但他想总有一天,他会不得不告诉她自己屈居第二了,他预备着那一天的到来。

---

① 来自《路加福音》24:5-6。

奥利弗·马特性情温柔,常带微笑,面如满月,他似乎不介意排第二位。每天,他和奥利弗都在加百列弟兄举办的抢答游戏中争夺高低。游戏中,加百列弟兄让同学们排成队,然后提问,问题必须五秒钟内回答出来,答错就被打回队伍末尾。最终获胜的,不是奥利弗就是他。

突然有一天,奥利弗不来上学了。一个月过去了,大家什么话也没说,然后加百列弟兄发了个通知,称奥利弗得了白血病在住院,请大家为他祈祷。男生们低着头,祈祷着。他不信上帝,所以不祈祷,只是嘴唇像模像样地动一动。他认为:每个人都认为我盼奥利弗死掉,这样就能保持成绩第一。

奥利弗再也没有回到学校。他在医院里去世了。天主教男生们参加了一个追思弥撒,以安息他的灵魂。

威胁解除了。他的呼吸更轻松自如,不过他不能再像过去那样,为得第一而得意了。

十七

开普敦的生活不及伍斯特丰富多彩。特别是在周末，除了看《读者文摘》、听听广播、打打板球之外，没什么事可做。他不再骑自行车：普莱姆斯特德没什么好玩的地方可去，方圆几英里，除了房子还是房子。他个子也大了，史密斯自行车显得像童车，他骑不了了。

如今，在大街上骑自行车也不行了，显得挺傻气。过去吸引他的东西，比如组装"麦卡诺"玩具，集邮，现在他也不喜欢了。他甚至无法理解怎么会在它们上面耽误时间。他在浴室里一待几个小时，照镜子，不喜欢看到镜子中的自己。他停住微笑，作皱眉状。

唯有对板球他兴致未减。他找不到第二个比他更迷板球的人。他在学校打板球，但这还远远不够。普莱姆斯特德的房子前面有石板地面的游廊。他在这里自己打着玩，假装他在板球场上。他用左手拿球杆，右手向墙壁扔球，弹回来后击球。就这样，他连续几个小时对着墙壁扔球击球。噪音导致邻居向母亲投诉，但是他也不管。

他认真阅读过教练手册，对各种投球击球姿势了如指掌，而且也能以准确的步伐完成动作。他对真正的板球赛的兴趣有所下降,反而更喜欢在游廊上自己打了。真正上场打球他既兴奋也害怕。他特别害怕快速投球手,怕被砸中,怕痛。上场打比赛的时候,他一门心思在想怎样不显得退缩,怎样不显得怯懦。

他几乎从来没有得分。如果没有立刻出局,他可以连续击球半小时,一分不得,让包括队友在内的所有人都火冒三丈。他似乎陷入了消极情绪,只是一味让球,没有脾气地让。回顾这些失败,他聊以自慰的故事,是在那些艰难的板球对抗赛中,球门区湿滑,总有那么一个孤独的球员,通常是约克郡人,绷紧嘴唇,不屈不挠,继续挥棒,一局又一局,纵使对面三柱门连番倒塌,他这边兀自稳若泰山。

一个星期五下午,他在对抗派恩兰的十三岁以下组比赛中,遇到了一个性情暴躁的高个子男孩。在队友怂恿下,他的投球快得像发了疯。球在场上肆意乱飞,没有击中三柱门,也没有飞向他,也绕过了守门员:他根本都不需要用球棒。

到了第三个投球轮,球掉到场外的黏土地上,弹起来,砸中他的太阳穴。"太过分了!"他怒气冲冲地想着,"他太过分了!"他知道外野手在奇怪地看着他。他仍然可以听到球撞击骨头,只听得一声闷响,没有回音。接着他脑子一片空白,跌倒在地。

他躺在球场边上。脸和头发都湿了。他环顾四周找球棒,但是找不到。

"躺下歇会儿。"奥古斯丁弟兄说。他的声音很愉快。"你被球砸了。"

"我想击球。"他坐起来支支吾吾地说。他知道,这是最靠谱的说法。只有这么说,才能证明自己不是懦夫。但是他已经没法击球了,有别的人顶替了他。

他本来指望大家对此事大做文章,抨击危险的投球动作。但是比赛正在进行,他的队表现得还不错。"你怎么样?痛不痛?"他的一个队友问,他怎么回答对方都没有细听。他坐在边上,看着比赛打完。后来他当外野手。他巴不得头痛,失去视觉,失去知觉,动静越大越好,偏偏他这阵子感觉很好。他摸了摸太阳穴。那地方还是有些痛。他希望这地方在明天之前肿起来,青起来,证明他真的被打中过。

和学校里其他人一样,他还打橄榄球。连一个叫"牧羊人"的左臂小儿麻痹的同学都得上场。各人在场上的位置分派得很随机。他在十三岁以下乙组打边前锋。他们在星期六早上打比赛。星期六总是下雨:阴冷潮湿得惨不忍睹。在泥泞的草地上,他在后场中锋之间来回跑,大块头的男孩将他推来推去。因为他是边前锋,没有人将球传给他,他觉得这样挺好,省得被人擒抱。再说了,为了保护皮革,球上面都涂了马脂肪油,滑滑的也难抓住。

他真想星期六请病假,可这样的话,他们队就剩十四个人了。不参加橄榄球比赛比不上学要糟糕得多。

十三岁以下的乙组输掉了所有比赛。十三岁以下甲组大多数情况下也是输球。实际上,圣约瑟的大部分球队打比赛输多赢少。他不明白学校打橄榄球做什么。修士们不是奥地利人就是爱尔兰人,对橄榄球肯定也不感兴趣,就算偶尔来看,也看得一头雾水,不知道球场上到底是什么情况。

母亲抽屉底部有一本黑皮书,叫《理想婚姻》。它与性有关;他知道它的存在有几年了。有一天,他偷偷把书从抽屉里拿出来,带到了学校里。这在朋友中引起了一阵大呼小叫。看来只有他的父母有这种书。

这书看起来其实差强人意——书里把人体器官画得好比科学著作的插图,即便做爱姿势的章节也乏善可陈,男人的性器官插入阴道的状况,被画成了灌肠造型。其他男孩看得如饥似渴,争先恐后找他借。

上化学课的时候,他把书忘在自己的桌子里。等他们回来时,平时乐呵呵的加百列弟兄脸色很不好看。他确信加百列弟兄已经打开书桌看了这本书,他等着通知和随之而来的羞辱,他的心跳在加速。还好最后没有通知。不过他能听到加百列弟兄的每一句话都夹枪带棒,暗示他这个非天主教徒把邪恶带进了学校。他和加百列弟兄之间的关系完全败坏了。他很后悔带了这本书到学校。他把它带回家,放回抽屉,再也没看过。

不过有一段时间,课间休息的时候,他和朋友们还经常聚在操场一角,继续谈论性的话题。他对于这些讨论的贡献,是从书里看来的点点滴滴。可是光是这些大家还不过瘾。不久,大孩子们就开始独立出去,自己说自己的了,他们说着说着声音降低,窃窃私语,突然间又哄堂大笑。这些谈话的中心人物是比利·欧文斯,欧文斯十四岁,他姐姐十六岁,他认识女孩,还有一件皮夹克,去跳舞就穿上。他甚至可能发生过性关系。

他与斯奥·斯塔夫罗普鲁斯交了朋友。有人传言斯奥是个娘炮,是同性恋,不过他不相信这些说法。他喜欢斯奥的样子,喜欢他细腻的皮肤,精神的气色,无可挑剔的发型,和风流倜傥的穿着。连傻傻的竖纹校服外套,穿到他身上都分外好看。

斯奥的父亲拥有一家工厂。工厂到底生产什么没有人知道,据说与鱼有关。一家人住在朗德博斯最富有地区的一栋大房子里。他们这么多钱,家里男孩本来肯定是去郊区学校的,可惜他们是希腊人。就因为他们是希腊人,用外国名字,他们就得去圣约瑟。他现在明白,圣约瑟也就是个大菜篮子,别的地方装不了的男孩就丢给这里。

他只看过斯奥的父亲一次:身材高大,衣着优雅,戴着墨镜。他见到他的母亲更多一些。她身材矮小瘦弱,皮肤黝黑;她抽烟,开着蓝色的别克汽车,据说是开普敦(也许是南非)唯一自动挡的汽车。斯奥还有个姐姐,貌比天仙,受过高等教育,谁都想高攀,所以不可以让斯奥的朋友们随随便便盯着看。

斯奥·斯塔夫罗普鲁斯家的男孩每天早上坐蓝色别克来上学,有时是他们的母亲送,但更多时候是由身穿黑色制服、戴着有檐帽子的司机来接送。别克风风光光地开进学校操场,斯奥和弟弟从上面下来,别克掉头离开。他不明白为什么斯奥让司机这样做。如果他处在斯奥的位置,一定是要家人提前一个街区将他放下车的。不过,笑话也好,嘲讽也好,斯奥慨然受之。

放学后的一天,斯奥邀请他去做客。到达之后,他发现是请他来吃中饭的。因此,在这下午三点,他们坐在餐桌旁,摆着银制餐具和干净的餐巾,享用着牛排和薯条。他们用餐的时候,一位身穿白色制服的服务员站在斯奥的椅子后面随时待命。

他努力掩饰自己的惊讶。他知道有些人要仆人伺候,但他不知道小孩子也可以有仆人。

后来,斯奥的父亲和姐姐出国去了——据说他姐姐要嫁给一位英国的准男爵。斯奥和弟弟成了寄宿生。寄宿有寄宿的不易:其他寄宿生对他羡慕嫉妒,食物寡淡无味,还有隐私暴露带来的侮辱,他以为斯奥会被压垮。他还觉得斯奥可能会留与其他男孩同样的发型。不过,斯奥的发型依然优雅。虽然他名字古怪,不擅长体育,常被认为是个娘娘腔,他依然保持他风度翩翩的微笑,从不抱怨,从不给别人羞辱的机会。

斯奥紧挨着他坐着,他们的上方是张耶稣像。像上的耶稣打开胸膛,露出红宝石般光芒四射的心脏。他们本来约好改历史作业的。实际上,他们面前有一本小小的语法书,斯奥试图从中教他古希腊语。带着现代发音的古希腊语,听起来很怪,但是他喜欢。Aftós,斯奥小声说,Evdhemonía。① Evdhemonía,他同样小声重复。

加百列弟兄竖起耳朵。"你在做什么,斯塔夫罗普鲁

---

① 分别为古希腊语的阳性人称代词和"幸福"一词。

斯?"他问。

"老师,我正在教他希腊语。"斯奥用温和、自信的语气说。

"回你自己座位上去。"

斯奥笑着走回自己的课桌。

修士们不喜欢斯奥。他们反感他的傲慢;和同学们一样,老师也觉得他被惯坏了,而且太有钱。

这种不公激怒了他。他要为斯奥战斗。

十八

父亲新开始的律师业务带来收益之前,为渡过难关,母亲重新开始去教书。家务活她雇了个女佣,一个骨瘦如柴、牙齿几乎全掉光的女人,名叫西莉亚。有时西莉亚还把妹妹带来陪她。有一天下午回家,她发现两个人坐在厨房里喝茶。那个妹妹比西莉亚好看一点,见到他时冲他笑。笑里有点暧昧。他不知道眼睛朝哪里看,他于是躲自己房间去了。他能听到姐妹俩的笑声,他知道是在笑他。

事情正在发生变化。他好像一直难为情。他不知道眼睛往哪里看,手往哪里放,姿势怎么摆,脸上挂什么表情。每个人都在盯着他,论断他,觉得他有欲望。他感觉自己就像脱了壳的螃蟹,浑身粉红,带着伤,形状猥亵。

曾几何时,他满脑子想法,有地方想去,有话题可说,有事情可做。他始终先人一步,他是领头人,他人是追随者。过去那四射的活力,而今荡然无存。他才十三岁,但变得喜欢发脾气,皱眉头,暮气沉沉。他不喜欢这个新的丑陋的自我,他想离开它,但是光靠他自己做不到。

他们参观了父亲的新办公室,看看情况如何。办公室在古德伍德,在古德伍德-帕洛-贝尔维尔这连成片的阿非利堪郊区。办公室的窗户被漆成深绿色。绿底上用烫金字油漆着普鲁库鲁克-库切律师事务所。室内很沉闷,笨重的家具上套着马毛垫子和红色皮革。自从父亲1937年最后一次执业以来,他那些法律书跟着他们走遍了南非,现在都从盒子里拿了出来,放在书架上。他漫不经心地翻阅到"强奸"。有一条脚注说,土著有时将阴茎塞入女人大腿之间,但并不插入。此举按习惯法处理,不以强奸入罪。

他想知道,法院难道就在讨论这些?阴茎放什么地方?

父亲的业务看起来很不错。他不仅请了个打字员,还请了个见习文员,名叫埃克斯汀。常规的转让、遗嘱之类业务,父亲交给埃克斯汀。他自己的主要精力用在出庭帮人脱罪。每天他都带着新的故事回家,说他如何让人脱罪,人家对他何等感激。

母亲对他做什么无罪辩护兴趣不大,她更感兴趣的是打的白条怎么那么多。有个名字不断出现,汽车销售员勒·鲁克斯。母亲老在催促父亲,说他作为律师,让勒·鲁克斯付钱应该不难。父亲承诺,勒·鲁克斯月底一定付清欠款。转眼就到月底了,勒·鲁克斯也没付钱。

勒·鲁克斯不付钱,但也不玩失踪。相反,他请父亲去喝酒,答应给他更多业务,还许诺可以通过汽车赎回大赚特赚。

家里的争论越来越激烈,但是闪烁其词的情况也越来越多。他问母亲怎么回事。母亲说,杰克一直在借钱给勒·鲁克斯。

他不想再听了。他明白父亲是什么人,这一切到底怎么回事。父亲巴不得别人赏识,为此他可以不惜代价。父亲的社交圈里,得到赏识有两种方法,一是为人买酒,二是给人借钱。

孩子不可以去酒吧。可是他和弟弟经常去弗雷泽堡路酒店的酒吧,坐在拐角处的桌子上,喝着橙汁汽水,看父亲给陌生人买一轮又一轮的白兰地和水,也从此见识了父亲的另外一个侧面。几轮白兰地下肚,他就满世界讨好,大吹牛皮,出手也极阔绰。

母亲成天自言自语抱怨,他又想听,听了又沮丧。父亲的巧舌如簧已经骗不到他,可是他怕母亲受骗上当。他过去看父亲一番甜言蜜语就能把母亲糊弄过去。"别听他的,"他警告母亲,"他一直在骗你。"

勒·鲁克斯的问题越来越严重。电话打得越来越长。一个新的名字开始出现:本苏山。母亲说,本苏山靠得住。本苏山是犹太人,不喝酒。本苏山要营救杰克,让他回到正道上来。

结果他们发现,父亲滥结交的还不只是勒·鲁克斯。父亲还给其他的酒肉朋友借钱。他无法相信,也无法理解。父亲只有一套正装,一双鞋,赶火车上班,这些钱是哪里来的?给人辩护让人脱罪,来钱真这么快吗?

他从未见过勒·鲁克斯,但是也不难想象他是什么模样。勒·鲁克斯应该是阿非利堪人,脸色红润,留着金色八字胡;他穿一身蓝色西服,打黑色领带。他应该是微胖,喜欢出汗,大嗓门,喜欢讲荤笑话。

勒·鲁克斯和他的父亲坐在古德伍德的酒吧里。父亲不在时，勒·鲁克斯就掉头跟酒吧里的其他男人挤眼睛。勒·鲁克斯要找人当猴耍，选中了他父亲。父亲的愚蠢让他无地自容。

后来大家发现，父亲借的不是他自己的钱。这就是本苏山参与进来的原因。本苏山代表律师协会。问题很严重，钱是从信托账户里拿的。

"信托账户是什么？"他问母亲。

"是别人委托给他的钱。"

"为什么有人相信他，把钱委托给他呢？"他问，"这些人一定是疯了。"

母亲摇了摇头。所有律师都有信托账户，母亲说，只有上帝知道是为什么。"在钱的问题上，杰克就像个孩子。"

本苏山和律师协会插手，是因为这些人想挽救父亲。他们是父亲在做租赁审计时就认识的，看在过去的分上，对他尚存好感，不想让他坐牢。另外他也有妻儿老小，所以他们对某些事睁一只眼闭一只眼，另外的得做一些安排。他可以在五年内还清欠款。一旦还清，这事就算一笔勾销，大家都不会再去惦记。

母亲自己去找律师咨询。她希望夫妇财产分开，免得被一锅端，例如饭厅桌子、带镜子的抽屉柜、安妮姨妈送给她的臭木咖啡桌，都是她的个人财产。婚姻合同上写明双方都要为对方的债务负责，她希望加以修订。但她后来发现，婚姻合同更改不了。要是父亲倒霉，母亲跟着遭殃，孩子也一并牵连。

埃克斯汀和打字员被遣散了。古德伍德事务所彻底关闭。他一直没有弄清楚带烫金字的绿窗户是什么结局。母亲继续教书。父亲开始找工作。每天早晨,他七点准时离家进城。但是一两个小时之后——这是他的秘密——等其他人都离开了家,他又回来了。他穿上睡衣,躺到床上开始玩《开普时报》的填字游戏,再喝上一夸脱的白兰地。下午两点,妻儿回家之前,他穿好衣服去俱乐部。

他的俱乐部叫作韦恩伯格俱乐部,其实只是韦恩伯格酒店的一部分。父亲在那里吃晚饭,晚上则在喝酒。有时候午夜后,有声音吵醒了他——他睡得不沉——他会听到车子开到家门口,前门打开,父亲进来,然后上厕所。不久,他听到父母卧室里一阵低低的唇枪舌剑。早晨在厕所地上和马桶盖上能看到暗黄色的污物,还有让人恶心的甜腻气味。

他写了一张条子贴在厕所上:请把坐垫掀起来!这条子父亲没理睬。面对妻儿的反叛,父亲用在马桶垫上撒尿来抗议。

有一天他不知是请病假,还是装病,没去上学,无意中发现了父亲每天的秘密。从床上,他听到前门锁钥匙的刮擦声,然后听到父亲在另外一个房间里歇息下来。后来,他们在过道狭路相逢,两人都是又内疚又生气。

下午离家之前,父亲把信箱里的邮件尽数拿走,有一些他给单独拿出来,藏在衣橱底部的垫纸下方。最后,纸包不住火,事情败露了——原来衣橱里藏的都是古德伍德执业时的账单、追讨信、律师函——母亲非常痛苦。"早知如此,何必当初!"她说,"现在我们的生活毁了。"

债务无处不在。讨债的人不分昼夜给他们打电话。这些讨债的人他也没法见到。每当前门有人敲门时,父亲就把自己关在卧室里。母亲用低低的声音问候他们,把他们带进客厅,把门关起来。之后,他可以听到她在厨房里生气地自言自语。

他们说过参加匿名戒酒会的事,说父亲应该去参加匿名戒酒会,才能说明是真心悔改。父亲总是口头答应,最后又不去。

家里来了两名法官,来对房屋的物品进行清点。那是在星期六早上。他退到自己的卧室,试图读书,但没有用。法院的人要进他的房间,事实上每一间房子他们都要进去。他走进后院。他们也跟了过去,到处看,然后在小簿子上记着。

他一直怒气冲冲。那个人——他跟母亲提起时,连父亲都不叫了——我们凭什么跟那个人有什么关系?干吗不让他去坐牢?

他的邮政储蓄账户上有二十五镑。母亲跟他发誓:他这二十五镑任何人都不许动。

家里要来个戈尔丁先生。尽管戈尔丁先生是混血人种,他在某种程度上地位超过了父亲。大家为这次访问认真筹备。和其他来访者待遇一样,家里要在前厅接待他,也同样给他敬茶。大家希望戈尔丁先生客气些,免得他去起诉。

戈尔丁先生到了。他穿着双排扣西服,不苟言笑。他喝了母亲泡的茶,但是什么也不答应。他就是要钱。

他离开后,大家在想这茶杯怎么办。按旧习,茶杯给混血人用过,杯子得摔掉。令他惊讶的是,母亲家的人别的什么都不信,就这习俗还真信。但是这一回,母亲后来只是用漂白剂把杯子洗了又洗。

最后,威利斯顿的葛莉阿姨,为了家族的荣誉,出手搭救。她给借了钱,条件是杰克再不可涉足律师业。

父亲同意了这个条件,也同意签署文件。但是,到了签字时,大家说了很久他才肯起床。最后,他穿着灰色休闲裤、睡衣上装,光着脚露了面。他一声不响地签字,然后又躲开了。

那天晚些时候,他穿好衣服出去了。他在哪里过夜,他们不知道;他直到第二天才回来。

"让他签字能达到什么目的?"他向母亲抱怨,"他从来不还别的欠款,对葛莉阿姨还不是一样?"

她回答说:"别管他,我会付钱给她的。"

"钱哪里来?"

"我工作挣啊。"

母亲的行为里,有一些非同一般的地方,让他无从忽视。每次吃亏之后,她就愈发坚强,愈发执拗。每一次,她都像是在自讨苦吃,好让世人知道自己的坚毅程度。她说:"我将偿还他所有的债务。"以及:"我会分期付款。我会工作。"

她像蚂蚁一样的决心激怒了他,他都想对她动手。背后原因很清楚。她想为孩子牺牲自己。无休止的牺牲:他对这种精神太熟悉了。但是一旦她完全牺牲了自己,一旦她把衣服卖掉鞋子卖掉,用血淋淋的脚行走人世,他往哪里搁?他没法想象这样的日子怎么过。

12月假期到了,父亲仍然没有工作。四个人全在家里,无处可躲,就好像笼子里的老鼠。大家躲在各自的屋子里,互相避让。弟弟沉迷于漫画《老鹰》《比诺》之类。他自己最喜欢的是《罗夫画报》,里面有个一英里赛冠军埃尔夫·台博,平日在曼彻斯特的一家工厂上班,以炸鱼和薯条为生。他想借埃尔夫·台博逃避,但是他忍不住竖起耳朵听家里的每一声低语和每一个吱吱响声。

有天早晨,屋子里异乎寻常地安静。母亲出去了,空气里总有什么东西,是气味也好,氛围也好,凝重的感觉也好,总之让他知道那男人还在家里。当然他不可能现在还在睡。会不会太阳打西边出来了,他自杀了?

果真如此,他自杀了,那是不是最好假装不知,好让安眠药或是其他的了断办法,足足地发挥作用?他又如何阻止弟弟发出警报呢?

他对父亲发起的战争中,他一直搞不清弟弟是不是站在自己一边。他记得有人说过,他长得随母亲,弟弟随父亲。有时候他觉得弟弟对父亲心肠太软。弟弟脸色白皙,神情忧郁,眼皮常跳动,他怀疑弟弟整个人就是一软蛋。

总之,如果父亲确实自杀了,他最好别去他房间,若有人问起,他就说:"我正在和我的兄弟聊天。"或者说:"我正在自己房间看书。"但他无法抑制自己的好奇,踮着脚走到他门前,把门推开,朝里面看。

那是一个温暖的夏日早晨。外面一丝风都没有,静到能听见麻雀的叽叽喳喳,和它们扑棱翅膀的声音。百叶窗关着,窗帘拉紧。他闻到男人的汗味。在黑暗中他认出是父亲躺在床上。他在呼吸时喉咙里发出轻轻的咯咯声。

他又走近了些。他的眼睛已经适应了这黑暗。父亲穿着睡衣裤和棉质汗衫,没有刮胡子,苍白的胸部与日晒的脖子对比鲜明,在喉咙处形成了V字形。床边的尿壶里,烟屁股漂在褐色的尿液上。他从未见过比这更丑陋的景象了。

没有看到安眠药的痕迹。这个人没有死,只是在睡觉。也就是说:他根本没有勇气吞安眠药,就好像他没有勇气出去找工作一样。

父亲打仗回来之后,就和他之间打起了另外一场战争。这场战争父亲根本没有胜算,他不会预料到敌手何等无情,何等顽强。这战争一打就是七年,今天他终于胜了,感觉像是俄国士兵在勃兰登堡,在柏林废墟上举起红色大旗。

可是同时,他也希望自己没有来,不要见到这丢人的景象。这不公平!他想哭:我还是个孩子!他希望有个人,最好是女性,把他抱到怀里,安抚他的伤痛,劝慰他,告诉他这一切不过是一场梦。他想到祖母的脸颊,柔软,凉爽,干燥,像丝一样,伸过来让他亲吻。他希望祖母能来,把一切安顿好。

父亲的喉咙有痰堵住。他咳嗽起来,转过身。他睁开眼睛,看样子是完全清醒,完全知道自己在哪里。他站在那里,站在不该站的地方,窥视着,那双眼睛直勾勾地看着他。

眼睛里没有论断,也没有人性的贤良。

那人的手懒洋洋地往下挥了挥,理了理自己的睡裤。

他想让这人说点什么,哪怕是些家常话——"几点了?"这样他也好受一些。但是这人什么也没说。眼睛继续平静而漠然地盯着他。然后这眼睛闭起来,他又睡着了。

他回到自己的房间,关上门。

随后的日子里,悲观情绪有时候会消散。头顶的天空平时是封闭的,锁紧的,不是近到触手可及,但也非遥不可攀,此刻它打开了一道缝,让他看到了世界的本相。他看到自己穿着白衬衫,卷起袖子,渐渐显小的灰色长裤。他不再是孩子了,路人不会把他当孩子了。他大了,大到没法拿自己年龄小当借口了,可他仍然愚蠢,仍然封闭,充满孩子气,傻气、无知、智障。在这样的瞬间,他也可以从上方看到父母亲,但不生气:他们不是两个灰暗无形的重物,压在自己肩上,没日没夜地给他增添烦恼,他们也不过是凡间男女,过着沉闷和痛苦的生活。天空打开了,他看到了世界,然后天空又关闭了,他回到了自己身上,经历着他唯一能认同的故事——他自己的故事。

母亲站在厨房最暗角的水槽边,背对着他站着,手臂上沾满了肥皂水,不急不忙地擦洗着锅。他在四处逛,嘴里说个没完,他也不知道说什么,但是一如既往地情绪饱满,不断在抱怨。

母亲把手头的事情停了一下,向他这边瞟了几眼。这是沉思的目光,里面看不出喜爱。她第一次对他视而不见。当她不是沉浸在幻觉中时,她会开始看到他的本来面目。

她看到他,打量他,但并不高兴。她甚至觉得他无聊。

这是他最害怕的。妈妈跟他比有先天优势,她是这个世界上最了解他的人,从他一开始最无助最袒露的年岁就了解他,哪怕这些年岁他自己怎么也想不起来。她好奇心大,而且有自己的消息来源,可能连学校里的一些小秘密也瞒不了她。他担心母亲的论断。他害怕此刻她的脑海里一定闪过的冷静念头。没有了情绪的渲染,她的思绪应当最为清晰。他尤其害怕的时刻,是她把自己的论断说出来。那一定会像闪电一样,一下将他击垮。他不想听。他实在不想听,他都能想象到一双手从他体内抬起来,掩住自己的耳朵,挡住自己的眼睛。他宁可瞎掉,聋掉,也不想听妈妈对自己的论断。他宁愿像乌龟一样生活在壳里面。

他过去曾想,这个女人到世上来,唯一的目的,就是爱他,保护他,满足他的愿望。可惜这只是一厢情愿。相反,在他诞生之前,她就有自己的生活,在这个生活里,她根本没有想到他。在历史上的某个时刻,她生下他;她孕育了他,她决定爱他。或许她在还没有怀上他的时候就决定爱他。不过,爱他是她的自主选择,她自然也可以选择不去爱他。

"等你有了自己孩子的时候再看吧,"有一回心情苦闷的时候她说,"你到时候就会知道的。"他会知道什么?这是她使用的一个公式,一个听起来很陈旧的公式。或许这是每一代人跟下一代说的,为着警告下一代,威胁下一代。但是他不想听。

"等你有了自己孩子的时候再看吧。"这是什么废话!

这话多么矛盾啊！孩子怎么有自己的孩子？无论如何，如果他是父亲，他会知道的事——如果他是自己的父亲——那些正是他不想知道的。他不想接受她要强加的世界观：郁闷、失望和幻灭。

十九

安妮姨婆去世了。跌跤之后,医生说过她能下地走,可她再也没能下过地,连拄拐杖走都不行。她从人民医院的病床上转出来,转到偏远的斯提克兰的一家老人院,没有人有空来看她,她在孤独中死去。现在她将被埋葬在沃尔特迈德墓地3号。

起初他拒绝去葬礼。他说在学校里听的祈祷已经够多的了,不想再听别的。他公开嘲笑人们假惺惺地流泪。把安妮姨婆好生下葬,无非是各位亲戚想自我感觉良好。她本该在她老房子花园里挖个坑埋了。这样还省点钱。

他内心里并不是这个意思。不过他一定要跟母亲说这种话,他就是要看她的脸痛苦而受伤地拉长。他还要说些什么,才能让她忍无可忍,叫他闭嘴呢?

他不想去想死亡的问题。他希望人们老了病了之后,就突然不存在,人间蒸发掉。他不喜欢丑陋的老人尸体。老人脱掉衣服的念头使他不寒而栗。他希望他们在普莱姆斯特德家里的浴缸里,从来没有老人躺过。

他自己的死是另一回事。他死后,应该不会消散,他会飘浮在上面,看着下面让他死的人是如何伤痛,巴不得他还活着,可惜悔之晚矣。

最后,他还是跟着母亲去了安妮姨婆的葬礼。他之所以去,是因为妈妈求他,他喜欢有人求他,有人求说明自己有力量。另外,他也没去过葬礼,他想看坟墓挖多深,棺材怎么放下去。

葬礼根本就不算隆重,只来了五个哀悼者。还有一个荷兰裔改革宗牧师,年纪不大,一脸疙瘩。另外五个人分别是艾尔伯特舅公、舅婆、他们的儿子、妈妈,还有他自己。他已经多年没有见过艾尔伯特舅公了。他拄拐棍,腰勾成了一团。淡蓝色的眼睛里泪水满眶;衣领的两角伸出来,似乎他的领结是别人给打的。

灵车到了。殡葬师及其助手身穿黑色正式礼服,比他们任何人的着装都正式(他穿的是圣约瑟校服:他没有西服)。牧师用南非语给死去的姐妹做了个祷告,接着灵车倒向墓地,棺材滑动下来,架在坟墓上方的杠子上。令他失望的是,棺材并没有降到坟墓里。这个程序看来还需要等,是墓地工作人员的事。可是殡葬师悄悄示意他们可以往上面撒土了。

小雨淅淅沥沥下起来。葬礼结束了,他们可以离开,回到各自的生活里。

回墓地大门时,他路过了新的旧的无数坟墓,他走在母亲和她表兄——艾尔伯特的儿子——的后面。他们一直在低声说话。他注意到,他们走路的姿态一模一样,一样地抬起脚,先左脚后右脚,然后重重跺下来,就像穿了木底鞋的农民。波美拉尼亚的迪比耶尔家族都是乡下农民,对城市生活来说,他们节奏太慢,生活得太沉重,处处格格不入。

他想到了安妮姨婆,他们就这样丢在雨中,丢在无人光顾的沃尔特迈德。他想到了护士为她剪的长长的指甲,此后再没有人给她剪了。

"你知道很多。"安妮姨婆曾经对他说。这不是赞美:她的嘴嘟着,做微笑状,但也在摇头。"这么年轻,但是你知道很多。你脑子怎么装得下呀?"她俯身,用瘦瘦的手指敲他的脑瓜。

这个男孩很特别,安妮姨婆告诉他的母亲,他的母亲又转告给他。但是自己什么地方特别呢?没有人说过。

他们已经到了大门。雨越下越大。他们要赶两趟火车,先去是去盐河,然后去普莱姆斯特德,可是赶上车前,他们不得不在雨中跋涉到沃尔特迈德车站。

灵车超过了他们。母亲伸手要它停住,她上前找殡葬师说话。回来说:"他们捎我们进城。"

于是他爬上灵车,挤在殡葬师和母亲之间,看车平静地沿着先锋路向前。他为搭这车痛恨母亲,希望自己不要被学校里的人看到。

殡葬师说:"我相信过世的女士是个学校老师。"他说话时带有苏格兰口音,是个移民:他对南非,对安妮姨婆这样的人能有什么了解呢?

这人身上的毛发之多他从未见过。黑色的毛发从他鼻子里、耳朵里、浆洗过的衣袖里冒出来。

"是的,"母亲说,"她从教四十年。"

"那她一定是桃李满园，"殡葬师说，"教书这职业，很神圣。"

"安妮姨婆的那些书怎么处理？"后来他们单独在一起时，他问母亲。他说书的时候，用的是复数，他知道《永恒治愈》有很多本。

母亲不知道，或者是不想说。从她摔断臀部的公寓，到医院，到斯提克兰的一家老人院，再到沃尔特迈德墓地3号，没有人想过这些书。它们除了安妮姨婆自己，也不会有人去看。现在，安妮姨婆躺在雨中，等着有人抽空将她下葬。剩下他一个人去思考。他该怎么把这一切全装进脑海，这些书，这些人，这些事？如果他不记得，谁会记得呢？